AF500755

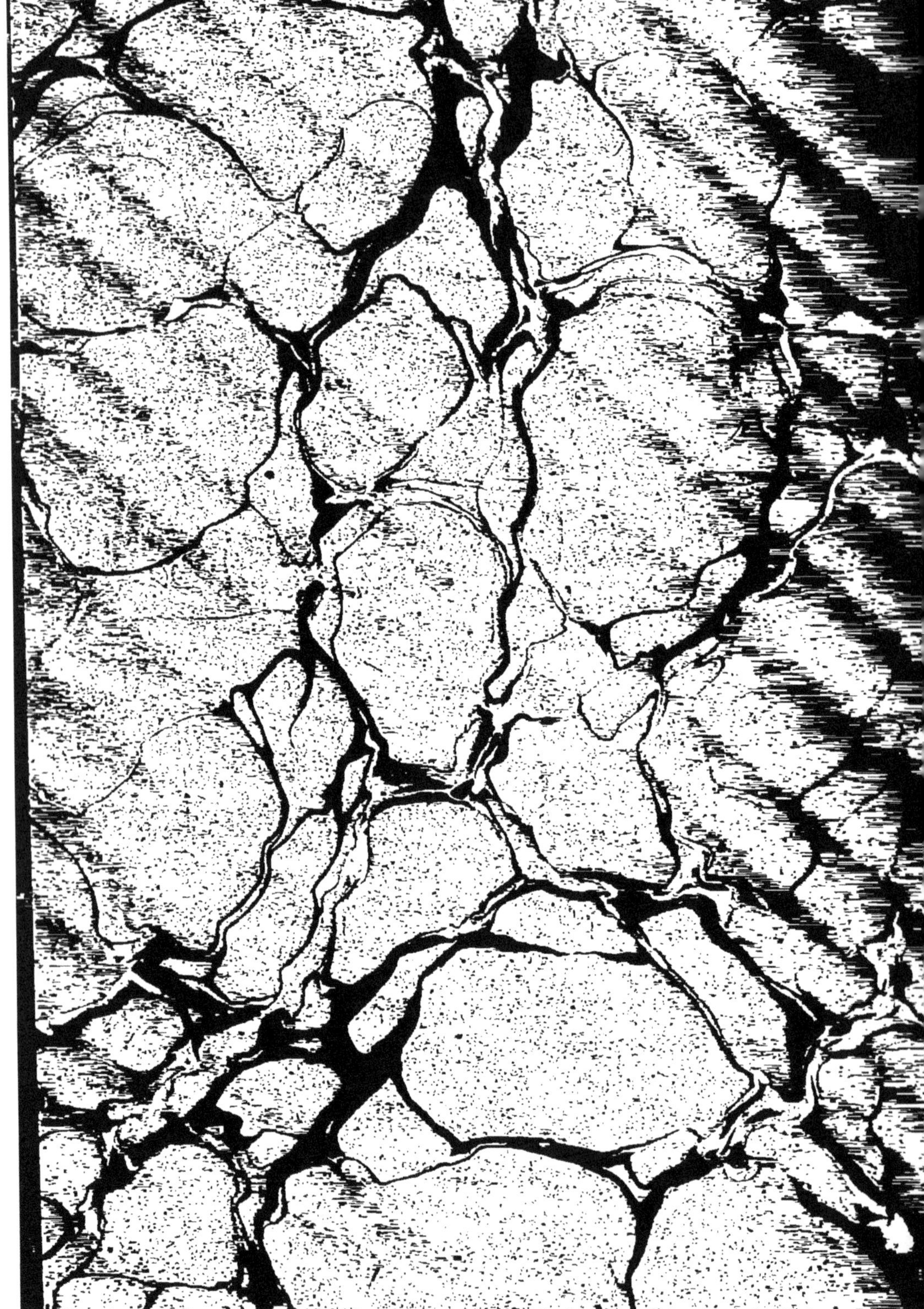

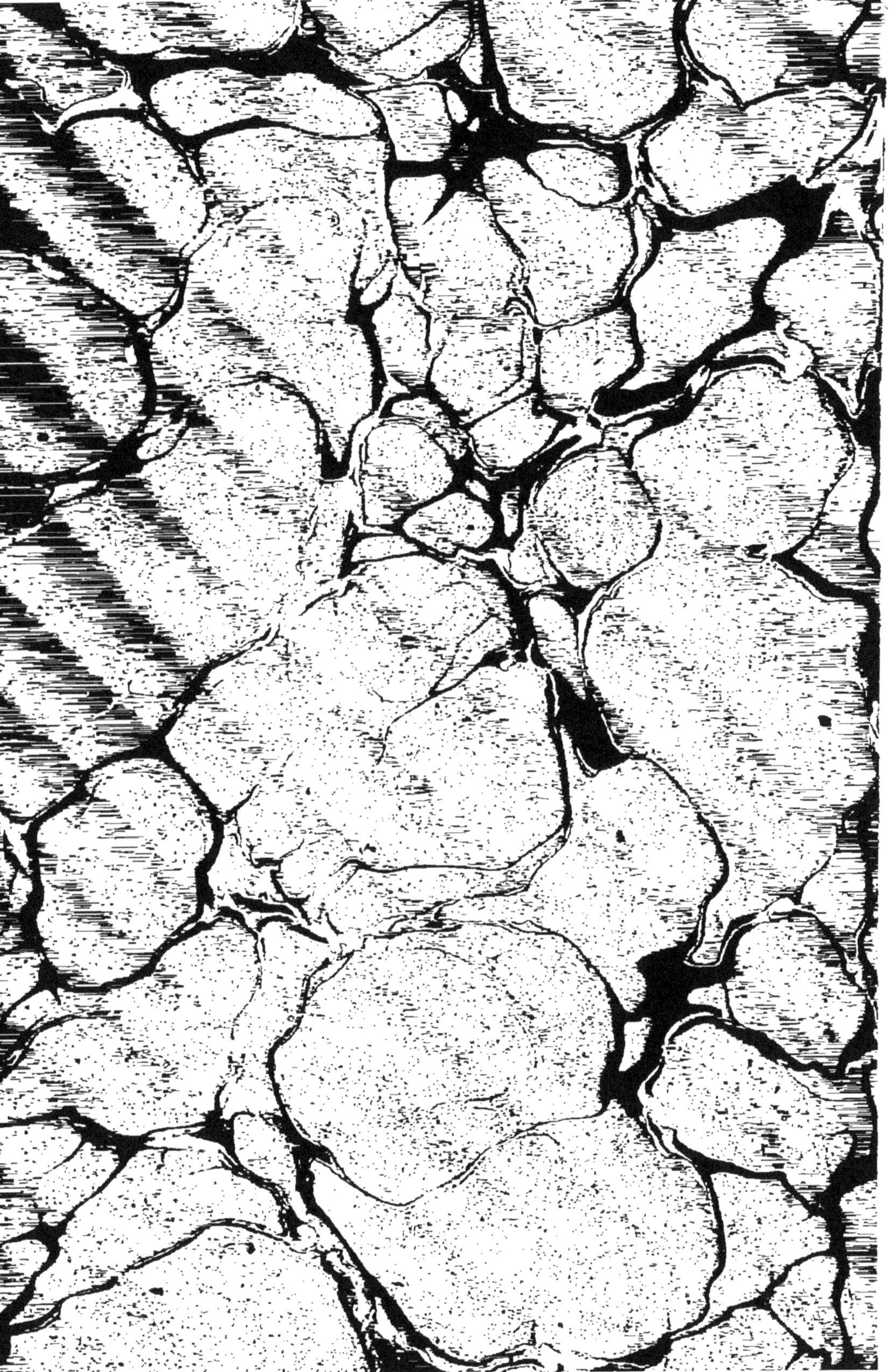

GEORGES REBUFFAT

TOUTE LA VIE

LES VOLUPTÉS

LES AMOURS. — LES DOULEURS

LES ESPOIRS

PARIS

PAUL OLLENDORFF, ÉDITEUR

28 *bis*, RUE DE RICHELIEU, 28 *bis*

1891

TOUTE LA VIE

GEORGES REBUFFAT

TOUTE LA VIE

LES VOLUPTÉS

LES AMOURS. — LES DOULEURS

LES ESPOIRS

PARIS

PAUL OLLENDORFF, ÉDITEUR

28 *bis*, RUE DE RICHELIEU, 28 *bis*

1891

PRÉFACE

Je dirai hardiment en vers luxurieux
De mes sens énervés le lancinant délire,
J'en peindrai les repos, les accès furieux,
Sans rien dissimuler : c'est le droit de la lyre.

Tartufe, accable-moi de cris injurieux,
De ton cœur louche et bas épanche toute l'ire,
Je m'adresse au penseur, au sage curieux,
L'imbécile n'est pas obligé de me lire.

Car toute poésie est chaste dans son nu,
Baudelaire l'a dit, et, c'est un fait connu,
L'art est le voile épais de la chose brutale.

Il faut voir l'ennemi, d'ailleurs, pour s'aguerrir,
Il faut ouvrir la plaie aussi pour la guérir,
Et le mal est plus tôt vaincu que l'on étale.

LES VOLUPTÉS

VOLUPTE

La buveuse d'amour, languissamment couchée,
De sa chair toute nue étale les trésors
A l'amant à genoux qui, la tête penchée,
De baisers furieux dévore ce beau corps.

Mais soudain, transporté d'une rage infernale,
Il étreint follement et presse sur son cœur
Ce torse qui bondit, cette beauté qui râle,
Pâmée et frémissante aux bras de son vainqueur.

Caresses, longs sanglots, mystérieux murmures,
Bruissent sur le divan où courent des frissons,
Les baisers convulsifs deviennent des morsures,
Pour humer du plaisir les enivrants poisons.

Et, tandis qu'épuisé de sa fougueuse ivresse,
L'amant retombe las au milieu des coussins,
Sa lèvre cherche encor la belle enchanteresse
Qui lui donne à cueillir la fraise de ses seins.

LE BOUGE

Ah! comme elle sait bien vous enlacer, la gouge,
Et vous tordre, pâmé, sur son corps palpitant,
Tandis que dans les sens taris, où rien ne bouge,
Elle met le venin d'un baiser persistant!

Aussi fait-on la queue à son horrible bouge,
Où, du matin au soir, elle va débitant
La superbe impudeur de sa chair blanche et rouge,
Qui distille sans fin un poison irritant.

On perçoit là des cris de femme qu'on égorge :
L'horreur et le dégoût vous prennent à la gorge,
Devant la vision d'écœurantes amours...

Et le taudis revêt des airs de coupe-gorge,
Où le plaisir rugit comme un soufflet de forge,
Où le vice aflamé rôde et cogne toujours.

FIÈVRE DES SENS

I

« Fille d'Ève, ou plutôt du serpent, ô couleuvre,
Enlaceuse aux anneaux remplis de vif-argent,
Toi qui, pour aiguiser le désir, mets en œuvre
Les savantes leçons de ton métier rongeant,

« Parle. Quand on défaille enfin sous la manœuvre
De ton corps invaincu, sur le lit émergeant,
N'as-tu pas une fois au moins, horrible pieuvre,
Senti battre ton cœur? — Je n'aime que l'argent.

— Mais si je t'aimais, moi, comme jamais on n'aime,
Mais si je te donnais mon sang, mon honneur même,
Ne répondrais-tu pas à mes feux inouïs? »

Alors, sans s'émouvoir, la douce créature,
Nonchalante devant mon atroce torture :
« Ma foi non, car tout ça ne vaut pas cent louis! »

II

O toi qui n'as jamais aimé, froide statue,
Toi qui d'un œil glacé contemples ma douleur,
Toi qui railles encor mon horrible pâleur,
Faut-il donc que toujours ton corps se prostitue?

En vain à t'implorer ma lèvre s'évertue,
En vain de mon étreinte augmente la chaleur,
Je ne provoque en toi qu'un rire persifleur,
Douche de mon désir que ton corps perpétue.

Statue! un jour peut-être enfin s'animera
Ton marbre, et sous ton sein une âme vibrera;
Tu souffriras alors les tourments que j'endure:

Car l'amant vers lequel ton désir rampera,
Piétinant ton amour, de toi me vengera
Un jour, en te criant : « Arrière, arrière, ordure! »

III

Eh bien! oui, malgré moi, malgré ton dur affront,
Mon souvenir lascif vers toi s'envole encore;
Oui, pour te posséder j'avilirai mon front,
Je paierai tes baisers, ô démon que j'adore;

J'achèterai ta chair, et mes désirs mourront,
Et la bête qui hurle et toujours me dévore,
Je la terrasserai dans l'élan furibond
Que je veux imprimer à tes hanches d'amphore.

Quand j'aurai de ta peau savouré les poisons,
Quand j'aurai de mes sens éteint tous les tisons,
Et brisé ma vigueur que jamais rien ne lasse,

Voyageur que sa faim apaisée a repu,
De l'hôtel du plaisir je m'en irai rompu,
Te jetant, comme écot, cent louis à la face!

IV

C'est fait. J'ai pu mater le désir enrageant
Qui me brûlait les reins de sa charnelle envie,
Et je m'en suis donné, morbleu! pour mon argent;
La table était d'ailleurs pompeusement servie.

Or, bien que le menu fût fort encourageant,
J'eus du dégoût d'abord, et non l'âme ravie;
Mais, baste, l'appétit, dit-on, vient en mangeant;
Le proverbe a du vrai : ma faim est assouvie!

Maintenant, de luxure et d'orgie épuisé,
J'ai les sens rafraîchis et le corps reposé,
Et pourtant en mon cœur gronde un flot d'amertume :

Qu'est-ce donc? Enivré, tombant sur les genoux,
J'ai bu jusqu'à la lie aux philtres les plus doux,
Mais ce n'était, hélas! de l'amour que l'écume!

DANS L'ALCOVE

J'aime à la contempler sur le lit saccagé,
Nue et belle, tordant ses deux bras sous l'or fauve
De ses cheveux épars qui, dans toute l'alcôve,
Répandent un parfum suave et dégagé.

Ses seins aigus et blancs, dont les dards hérissés
Ont l'air de deux rubis sur deux globes d'albâtre,
Provoquent ma caresse et mon baiser folâtre,
Et fouettent mes désirs constamment aiguisés.

Son ventre qui saillit, pâle et veiné de bleu,
Ses secrètes beautés et ses hanches d'amphore,
Que ma lèvre alanguie aspire et puis dévore,
Font passer sous ma peau mille torrents de feu.

Ses cuisses et ses reins, foyers des voluptés,
Par leur galbe superbe ont des tons magnétiques
Rappelant la splendeur de ces marbres antiques
Que le ciseau du grand Phidias a sculptés.

Ses mollets rebondis, cambrés et gracieux,
Ses petits pieds d'enfant aux doigts onglés de rose,
Sa bouche de corail qui me dit encor : Ose !
Tout son corps m'extasie, et j'adore ses yeux,

Ses yeux, ses yeux surtout, ses yeux ensorceleurs,
Ses yeux qui dans les miens infusent des ivresses,
Ses yeux que je voudrais de mes folles caresses
Aveugler et rouvrir, pour en voir les lueurs !

PRIÈRE

Depuis que tu me l'as promis, ton corps splendide,
Au désir lancinant et rongeur condamné,
Mon âme se consume, et, sur ma couche vide,
Mon être tout entier se tord comme un damné.

En vain pour t'appeler se dresse mon front pâle
Et se crispe ma gorge en un effort puissant,
Tu fais la sourde oreille, et je pleure... et je râle...
Et sur le lit d'enfer je roule gémissant.

Viens, oh! viens, par pitié, terminer mon martyre,
Vois mes larmes : sous tes baisers viens les tarir,
Viens calmer de mes sens torturés le délire,
Ou de ce mal horrible, hélas! je vais mourir.

LASSATI, SED NON SATIATI

A Alexandre Ducros.

Comme je la brûlais de mes baisers plus fous,
Elle laissa glisser son peignoir de dentelle,
Et, soudain, à mes yeux resplendit nue et belle,
Pendant que, fasciné, je tombais à genoux.

Et, tandis que ma lèvre attachée à son sein
L'aspirait lentement, inanimée, inerte,
Je l'emportais, fiévreux, sur la couche entr'ouverte,
Où, râlante, sa voix me criait : « Assassin ! »

Et ce fut une nuit de spasme et de torpeur,
De tempête fougueuse et d'accalmie exquise,
De chair abandonnée et de chair reconquise,
D'éréthisme sans nom et de sainte langueur

L'assaut délicieux dura jusques au jour
De nos deux corps fondus dans l'ardente mêlée;
Et, quand l'aube filtra dans la chambre voilée,
Ils étaient las, mais non rassasiés d'amour.

LE TEMPS DES AMOURS

Mignonne, profitons de la verte saison,
Qui trop tôt passera, pour nous aimer encore;
Vois : pour fêter l'amour l'univers se décore,
Le printemps sur la terre étend sa frondaison.

Grisons-nous de baisers sans trêve et sans raison,
Bouche à bouche étanchons la soif qui nous dévore,
Buvons jusqu'à l'ivresse à la fragile amphore
Où de la volupté flambe le doux poison.

Aimons-nous, aimons-nous sans perdre une caresse,
Aimons-nous, il est temps, c'est l'heure enchanteresse,
Aimons-nous aujourd'hui, aimons-nous sans retard.

Demain l'hiver viendra, la feuille sera morte,
Et, pour nos cœurs glacés, demain sera trop tard :
Ouvrons vite à l'Amour qui cogne à notre porte!

PLAINTE AMÈRE

J'ai vécu, j'ai souffert : j'aime, je souffre encore,
Et ne m'étonne point, car aimer, c'est souffrir.
Mon mal est bien cruel, et pourtant je l'adore ;
Puisse même le Ciel ne m'en jamais guérir.

Rien ne peut apaiser le feu qui me dévore,
Mes larmes, rien, hélas ! ne saurait les tarir ;
La nuit où je gémis n'aura jamais d'aurore,
J'aime sans nul espoir que celui d'en mourir.

Toi qui, par ton dédain et ton indifférence,
M'as voué pour toujours à la désespérance,
Toi qui m'as accueilli d'un sourire moqueur,

Toi pour qui constamment ma prière fut vaine,
Toi pour qui je devrais avoir mépris ou haine,
O femme, qu'as-tu donc à la place du cœur ?

A UNE DAME

Madame, quand, le cœur débordant de tendresse,
Je vins, pâle et brisé, tomber à vos genoux,
Je vis luire en vos yeux, en vos grands yeux si doux,
Un regard de pitié pour mon âpre détresse.

Vous m'ouvrîtes vos bras, divine enchanteresse,
Et, tandis que je vous mangeais de baisers fous,
Vos cheveux dénoués vinrent, soyeux et roux,
Nous couvrir tous les deux et cacher notre ivresse.

Je conserve à jamais de ce rêve enchanté
Le souvenir flambant d'exquise volupté
Pour éclairer mes jours et parfumer mon âme;

Souvent même en mes nuits, ô reine de beauté,
Par vos lèvres de feu je suis encor hanté,
Et tout mon être vibre en un songe et se pâme.

REGRET

Qu'ils sont tristes les jours écoulés loin de toi!
Mon rêve te poursuit; mon âme, veuve et nue,
Te réclame en pleurant. Qu'es-tu donc devenue,
Cruelle à qui je garde une éternelle foi?

Il voulut un moment se soustraire à ta loi,
Mon pauvre cœur trahi que l'exil exténue :
Folle rébellion, triste déconvenue!
Le sujet dut plier sous le joug de son roi.

Songes-tu quelquefois, ingrate, que je porte
Une blessure ouverte au sein? — Non. Peu t'importe
Que ta victime meure ou survive à son mal.

Bien que n'attendant plus qu'oubli, dédain suprême,
De ton âme, où l'amour s'acclimaterait mal,
Je ne puis te haïr et pense à toi quand même!

LE PANIER DE SUZON

C'était un soir de mai, le ciel, à l'horizon,
Se dorait des derniers reflets du crépuscule :
Je rêvais, à demi couché sur le gazon,
Bercé des mille chants que le printemps module...

Quand je vis arriver la petite Suzon
De son pas machinal et lent de somnambule ;
Son panier débordait des fruits de la saison,
Et, comme elle approchait, je lui dis sans scrupule :

« Exauce, belle enfant, ma timide oraison,
Laisse-moi contempler ta superbe moisson
Et mordre même aux fruits dont ton panier pullule. »

Rougissante, elle fit d'abord quelque façon ;
Mais, voulant éviter un assaut ridicule,
Elle me laissa prendre au panier à foison.

BEAUTÉ CRUELLE

Veux-tu savoir pourquoi Dieu te créa si belle,
O toi que de mes vœux incessamment j'appelle,
Pourquoi Dieu te donna ce visage charmant,
Cette taille d'enfant, cette gorge rebelle

Qui saillit du corset comme un flot écumant,
Ce regard qui scintille énigmatiquement,
Cette grâce languide et molle qui rappelle
La démarche onduleuse et souple du serpent?

Eh bien, c'est pour séduire et pour tuer sans doute,
Car ta beauté m'attire et jamais ne m'écoute,
Et je rampe et je meurs, hélas! à tes genoux.

Mon être est dévoré d'une implacable fièvre,
Je t'implore, et ne vois que dédain sur ta lèvre,
Et que refus cruel dans ton regard si doux.

OUBLIEZ-MOI!

Oubliez-moi donc, tant pis si j'en meurs!
Un martyr de plus ou de moins sur terre
Vous importe peu! Mille flots de pleurs
N'attendriraient pas votre cœur de pierre.

Vous aviez baisé le poète au front;
Fier, il s'était cru plus grand que Pindare
Et volait au ciel! Votre dur affront
L'a fait retomber comme un fol Icare;
Oubliez-moi donc.

Sur le sol glacé, gisant tout meurtri
Et tué par vous, à qui je pardonne,
Je vous jette encor ce suprême cri :
« Allez, et que Dieu d'heureux jours vous donne!
Oubliez-moi donc. »

A UNE COMÉDIENNE

J'étais amoureux fou d'une superbe femme,
A la taille divine, au regard fulgurant;
Pour elle, sans mentir, j'aurais donné mon âme,
Elle n'eût pu pour moi jamais en faire autant...

Et pour cause. Pardon!...Voilà que je m'enflamme...
Dans la colère on est parfois intolérant!
Sa flamme ne voulut point répondre à ma flamme;
C'était très malheureux... mais non déshonorant.

Je ne vous en veux pas, mais pas du tout, Madame...
Dieu me garde, parbleu, de vous la faire au drame!
J'ai pour la comédie un faible exaspérant;

Vous la jouez fort bien, d'ailleurs, je le proclame...
De toutes les façons, et, si l'on vous acclame,
Eh bien, c'est tout à fait justice qu'on vous rend!

BEAUTÉ DU DIABLE

Vous étiez ce soir-là plus belle que jamais,
Jamais le large cerne estompant vos grands yeux
N'en avait mieux rendu le noir délicieux,
Ce noir qui, dans l'amour, a des lueurs de jais.

Avec vos blonds cheveux, tombants à flots épais,
Que votre patience, avec un soin pieux,
Étale longuement au soleil radieux
Pour en aviver l'or et les fauves reflets,

Vous étiez ce soir-là désirable à l'excès.
Jamais de votre corps aux contours gracieux
Ma lèvre n'avait fait festin plus copieux.

Et votre chair flambait de plaisir dans l'accès
De la fièvre amoureuse où, du monde oublieux,
Nous dérobions, ravis, leurs voluptés aux cieux.

CAVE AMOREM!

L'Amour de tous les maux d'ici-bas est le pire,
C'est l'âme du mensonge et de la trahison,
C'est le bourreau qui tue en riant, le vampire
Qui boit tout notre sang dans une pâmoison.

C'est le traître masqué qui contre nous conspire,
Le geôlier qui nous tient captifs dans sa prison,
La strige qui nous mord au cœur et nous inspire,
Par sa morsure atroce, un horrible poison.

C'est le foyer ardent dont la flamme consume
Impitoyablement l'insensé qui l'allume,
C'est le pacte entre la victime et l'assassin.

Et tous nous bénissons la traîtresse imposture,
Le poignard, le poison, la flamme, la torture,
Que ce bourreau déverse ou plante en notre sein.

LES AMOURS

DE TES BEAUX YEUX

Quand je m'éveille, ô ma chère âme,
Que je voie, azur radieux,
Le gai soleil, la vive flamme
De tes beaux yeux!

Quand je m'endors, à la nuit close,
Et que tout est silencieux,
Étoile mon front qui repose
De tes beaux yeux!

Quand je marche à travers la vie,
Égaré, sombre et soucieux,
Mets sur mon chemin l'éclaircie
De tes beaux yeux!

Sur ma douleur, ma rude tâche,
Comme un baume délicieux,
Qu'un rayon divin se détache
De tes beaux yeux!

Quand tu te livres, chancelante,
A mon désir victorieux,
Montre-moi la lueur tremblante
De tes beaux yeux!

Dans mes bras quand l'amour t'affole
Sous mes longs baisers furieux,
Infuse en moi l'ivresse folle
De tes beaux yeux!

Dans nos spasmes que rien n'apaise,
Dans nos frissons mystérieux,
Brûle-moi de l'ardente braise
De tes beaux yeux!

Quand aux rubis de ton sein pâle
J'attache mon rêve pieux,
Baigne-moi des reflets d'opale
De tes beaux yeux!

Après les suprêmes étreintes
De ton corps souple et gracieux,
Je veux voir les extases saintes
De tes beaux yeux!

Sur moi qu'ils se fixent sans cesse,
Qu'ils me réchauffent, qu'en tous lieux
Je sente l'exquise caresse
De tes beaux yeux!

Que leur chaude effluve m'enivre
Jusques au jour de nos adieux :
S'il faut mourir, laisse-moi vivre
De tes beaux yeux!

Puissé-je, à mon heure dernière,
Entrevoir comme un coin des cieux
A travers la pure lumière
De tes beaux yeux!

Et, quand je mourrai, sur ma tombe,
Si ton cœur n'est point oublieux,
Qu'une larme quelquefois tombe
De tes beaux yeux!

PRINTEMPS

La nature est embaumée,
La campagne est parfumée,
Dans l'herbe
Passe comme un grand frisson,
Et mai nous dit sa chanson
Superbe.

Bois, gazons, prés et ramure,
De fleurs riante parure,
S'émaillent;
Sur les arbres rajeunis
Les oiseaux, en leurs doux nids,
Tressaillent.

C'est une sève nouvelle
Qui de la terre ruisselle,
Féconde,

Sous les baisers amoureux
Dont un soleil plein de feux
L'inonde.

A la corolle épuisée
Des lis, la fraîche rosée
Scintille ;
Caché dans le buisson vert,
Le criard et fou pivert
Babille.

Dieu met au cœur des ivresses
Et prodigue ses largesses
Aux choses ;
Viens, enfant, fuyons, heureux
De pouvoir cueillir à deux
Les roses.

Tout s'adore, tout soupire,
Tout est chant, tout est délire
Et flamme ;
Viens goûter le doux émoi
Dont va battre auprès de toi
Mon âme.

C'est le printemps, c'est la vie,
C'est l'amour qui nous convie
Au rêve ;
Cherchons l'ombre des grands bois
Pour nous baiser mille fois,
Sans trêve !

VICTOIRE D'AME

Cédant à mes désirs, tu consentis, ô vierge,
Au rendez-vous donné dans ma chambre, une nuit;
Palpitante d'amour et plus pâle qu'un cierge,
Tu parus doucement. L'heure sonnait minuit.

Éperdue à la fois de bonheur et de crainte,
Tu vins glisser ainsi qu'un roseau fléchissant
Dans mes bras; et soudain je sentis ton étreinte,
Et sur ma joue en feu ton baiser frémissant.

Et tu ne songeais plus, hélas! à te défendre,
Et, lâche, j'aurais pu de ta virginité
Cueillir la chaste fleur, si suave et si tendre,
Qui m'ouvrait son calice avec sérénité.

Je ne l'ai point voulu : j'eus l'inouï courage
De nous vaincre tous deux, ô trésor bien-aimé,
Et, lorsque ton amour et le mien ſaisaient rage,
De tomber à tes pieds, vainqueur inanimé.

Je ne m'en repens pas : qu'on me raille, qu'importe?
Je méprise la brute et son rire moqueur.
Un ange quelque part me bénit, et j'emporte
Le souvenir pieux de l'épreuve en mon cœur.

MARGUERITE

Je n'effeuille jamais la chaste marguerite,
Fleur au calice d'or, aux pétales si doux,
Car je crois voir en elle une âme qui palpite
Et d'un baiser pieux je l'effleure à genoux.

Mon cœur exaspéré se révolte et s'irrite
Lorsque des doigts cruels, stupides et jaloux,
Déchirent sa corolle, où la pudeur s'abrite,
Pour savoir le secret qu'elle dérobe à tous.

Ne le révèle pas ton secret, fleur chérie,
A la main sacrilège, hélas! qui t'a meurtrie,
Réponds par le mensonge à qui te fait souffrir.

Dieu guérira ta plaie, ô belle pâquerette,
Le printemps embaumé te verra refleurir,
Et je te bénirai d'avoir été discrète!

LES RELIQUES

Quand de feux dévorants mon âme est consumée,
Pour calmer de mon mal l'implacable rigueur
Je prends de tes cheveux la mèche parfumée
Et j'y mets des baisers lents et fous de vigueur.

Et j'ai, bien en petit, l'illusion aimée
De la caresse ardente et pleine de langueur
Que j'attachais sur ta chevelure embaumée,
Dont j'admirais, grisé, la splendide longueur.

Puis, j'ai comme un reflet de ta beauté divine
Dans ce pâle portrait où mon cœur te devine,
Et que tu me laissas en gage de ta foi:

Car je l'ai tellement arrosé de mes larmes
Que mes yeux ne sauraient y retrouver tes charmes,
Si ton image encor n'était gravée en moi.

LANGUEUR D'AMOUR

Cher ange, où donc es-tu maintenant? Je t'appelle
Bien souvent dans mes nuits, car je t'aime toujours :
Si mes sens ont failli, mon âme se rappelle,
Et je prends en horreur mes frivoles amours.

J'aimais, j'étais aimé ; le sort inexorable
Faisait trêve à ses coups, et son rire moqueur
Se détournait devant ton sourire adorable ;
Ton baiser virginal me refaisait le cœur.

Moment délicieux, minute bienheureuse,
Où de fièvre et d'amour nos deux corps dévorés
S'enlaçaient en secret d'une étreinte fougueuse,
Tandis que je baisais tes beaux yeux adorés.

Te souviens-tu parfois de cette nuit suprême
Où je reçus, hélas! tes pénibles adieux?
Dans l'ombre tu parus soudain, tremblante et blême;
Des larmes ruisselaient lentement de tes yeux.

Dans mes bras entr'ouverts tu vins tomber, brisée;
Ton corps, qui se donnait, allumait un tison
Dans ma chair, de baisers déjà toute grisée,
Et je sentis alors chanceler ma raison.

Mais je ne touchai pas, ô fleur, à ton calice,
Mais je n'effeuillai pas tes pétales si doux,
J'en humai seulement l'arome avec délice,
Et je m'évanouis, ô vierge, à tes genoux.

O souvenir pieux, comme un soleil rayonne
Dans la nuit de l'exil où je suis condamné,
Sois le baume du mal qui toujours m'aiguillonne,
Sois mon ciel dans l'enfer où je gémis, damné.

ABSORPTION DANS L'AMOUR

Je veux penser à toi dans un rêve sans fin,
Car ton doux souvenir me calme et me console.
Tout me chagrine, tout me paraît bête, enfin
Tout ce qui n'est pas toi m'obsède et me désole.

Loin des sottes rumeurs et des fâcheux, afin
De m'absorber en toi tout à fait, je m'isole
Et baise avec amour ton visage si fin,
Ton portrait adoré dont ma lèvre raffole.

Alors, les yeux noyés dans l'extase, je sens
Une ivresse infinie envahir tous mes sens,
Et j'échappe un moment aux ennuis de la terre;

Et je me ressouviens de notre beau passé,
Et je revis ce temps béni, trop tôt passé,
Où mon cœur ici-bas n'était pas solitaire.

UN SOUVENIR DE PLUS

Mon âme se console avec ton souvenir,
O vierge qui m'aimas et qu'en secret j'adore;
Ma lèvre, à tout moment, redit, pour le bénir,
Ton nom qui dans mon cœur pieux fleurit encore.

Il y vivra toujours, quel que soit l'avenir,
Avec son doux parfum de fleur qui s'évapore,
Pour embaumer ma vie et pour la soutenir
Au milieu des langueurs dont l'exil la dévore.

Dis, te rappelles-tu ces rapides instants
Où, soudain enflammés d'amour et palpitants,
Nos deux corps s'étouffaient dans une folle étreinte?

Alors, sein contre sein et les yeux dans les yeux,
Nos bouches s'écrasaient de baisers furieux...
Et puis nous reprenions notre horrible contrainte!

DÉCOURAGEMENT

Combien j'aime, en pleurant, à me rappeler l'heure
Où nous avons marché par le même chemin,
Où tout mon cœur ému, comme un luth qu'on effleure,
Tressaillit sous ta main.

Moment délicieux et plein d'un doux présage,
Où je vis ton regard pénétrant et songeur,
Où ta bouche de sang effleura mon visage
D'un baiser si rongeur.

Plaisirs trop doux souvent sont plaisirs éphémères,
Les ivresses, hélas! sont bien près des douleurs :
Les beaux jours ont fait place aux angoisses amères,
Les sourires aux pleurs!

O cher ange envolé, ton souvenir fidèle
Vers le pauvre exilé s'en vient-il quelquefois?
Son cœur ne pourra-t-il, réchauffé sous ton aile ,
Battre encore une fois?

. . . .

Accablé maintenant par la mélancolie,
Du dégoût au dégoût je passe tour à tour,
Sous le poids de l'ennui mon cœur dort, mon front plie,
Je hais l'éclat du jour.

Indifférent à tout, je déteste la vie,
Mes sens et mon esprit sont éteints sans retour,
Je n'ai plus de désirs, je n'ai plus nulle envie,
Et je n'ai plus d'amour.

LES LARMES

Consolatrices, douces larmes,
Vous êtes les uniques charmes
Auxquels mon cœur puisse aspirer.
Malheureux, triste et solitaire,
Il ne me reste plus, sur terre,
Hélas! que deux yeux pour pleurer.

Coulez, larmes silencieuses,
Amères, mais délicieuses,
Et je bénirai mon destin;
Quand mon mal redouble de rage,
Coulez, je reprendrai courage;
Coulez, larmes, soir et matin.

Si du ciel la fraîche rosée
Sur sa tige à demi brisée

Fait renaître la pâle fleur,
Une larme est aussi puissante,
Et de toute âme gémissante
Elle adoucit l'âpre douleur.

Cœurs séparés par la distance,
Cœurs pleins d'amour et de constance,
Laissez la plainte et les soupirs,
L'angoisse profonde est discrète :
Pleurez! une larme secrète
Est le plus pur des souvenirs.

RÉSURRECTION!

Il n'était plus de muse, hélas! pour le poète,
Son cœur était morose et sa lyre muette.
Il vous vit, et, soudain, son front décoloré
D'un sublime rayon parut être éclairé,
Son âme en deuil s'emplit d'une flamme nouvelle
Et sur le luth voilé jaillit une étincelle:
Il chanta. C'était vous, c'est votre souvenir
Que sa voix célébrait, tout bas, pour le bénir.
Écoutez-les, ces chants, ainsi qu'il les écoute,
Pour abréger un peu la longueur de la route,
Ces refrains bien-aimés si plaintifs et si doux,
Qu'il répète le soir, dans la nuit, à genoux,
Et qu'à vos pieds chéris il dépose en hommage.
Puissiez-vous, en secret, sur le coin de la page,
Où, triste, il a versé ses pleurs et son amour,
Laisser tomber parfois un pleur, à votre tour.

TOUJOURS

Je vous vis au théâtre, un soir,
Et vos yeux aux miens se heurtèrent;
Je voulus alors vous revoir,
Et nos regards se rencontrèrent.

Près de vous, je ne sais pourquoi,
Je vins me placer, ô chérie :
Suivais-je de l'amour la loi,
Du hasard la bizarrerie?

Je l'ignorais. Un souffle doux
S'insinuait en tout mon être.
« C'était de l'amour! » direz-vous.
J'eusse alors répondu : « Peut-être! »

Quand il fallut me retirer
A la fin du trop court spectacle,
Je sentis mon cœur soupirer :
Était-ce du Ciel un oracle ?...

Le lendemain, je vous revis,
Et le même émoi, chose étrange,
Me cloua, tous les sens ravis,
Devant vos pas lumineux d'ange.

Dès ce moment, un amour vrai
Entra dans mon âme asservie ;
Dès ce jour, je vous consacrai
Le meilleur de toute ma vie.

Mais vous n'eûtes pas un regard
Pour me consoler de ma peine,
Et la douleur mit son poignard
En mon sein comme en une gaine ;

Et le malheureux, le martyr
Que le désespoir mord et ronge,
Veut vivre, et, s'il le faut, mourir
De cet amour qui fut un songe.

Que votre cœur soit inhumain,
Méprisante et fière votre âme;
Si grand qu'il soit, votre dédain
Ne saurait éteindre sa flamme.

Loin de lui la plainte et les pleurs!
Il est muet, le vrai courage!
Malgré vous, malgré ses douleurs,
Il veut vous aimer avec rage!

Le flanc ouvert, il vous sourit,
Debout et retenant encore
Ce dard cruel dont il périt,
Ce dard assassin qu'il adore.

Si le mal le terrasse un jour,
Il mourra de vous l'âme pleine,
Victime de son fol amour
Et bénissant sa souveraine!

VISION

Une douce veilleuse éclaire son front pâle,
La bien-aimée est là dormant dans le grand lit
Aux rideaux cramoisis brochés d'or, sculpturale;
Sa gorge doucement s'abaisse et se raidit.

Son visage charmant et du plus pur ovale
Détache sa blancheur d'ivoire et resplendit
Sur le noir des cheveux, dont le flot lourd s'étale
En large nappe sous la clarté qui grandit.

Mon regard éperdu, débordant de tendresse,
L'enveloppe, pieux, d'une longue caresse,
Et pour mieux l'adorer je fléchis les genoux.

O sainte volupté que l'amour d'une femme!
A ses pieds qu'il est doux d'agenouiller son âme!
De veiller, de rêver loin d'elle qu'il est doux!

A L'ADORÉE

Le soir, en faisant ma prière,
A toi je pense, ange adoré,
Et des pleurs mouillent ma paupière
Quand je dis ton nom vénéré.

Alors plus bas mon front s'incline
Devant l'image du Sauveur,
Et pour toi, ma beauté divine,
Monte l'encens de ma ferveur.

Ma bouche, de ta bouche avide,
S'attache aux pieds du Dieu martyr,
Et mon cœur, hélas! veuf et vide,
S'exhale dans un long soupir.

Et je demande, en ma détresse,
A ce Christ, si puissant au ciel,
Pour toi la joie et l'allégresse,
Pour moi le calice et le fiel.

Et ton souvenir en mon âme
Met une étrange volupté,
Où le regret mêle la flamme
De sa lancinante âcreté.

Il pénètre ma vie entière,
Tantôt baume, tantôt acier,
Et je cherche dans la prière
Contre son dard un bouclier.

Et le nom qu'alors je murmure,
Ce nom qui me fait mal et bien,
Qui me ravit et me torture,
Ce nom adoré, c'est le tien.

Dans mes repos et dans mes fièvres,
Vaincu de la vie ou vainqueur,
Je n'en veux pas d'autre à mes lèvres,
Je n'en veux pas d'autre en mon cœur.

Qu'il augmente ou calme ma peine,
Et dussé-je même en mourir,
Je veux le redire, ô ma reine,
Jusques à mon dernier soupir.

Va, que la vie au loin t'emporte :
En mon âme je l'ai gravé
Avec l'indélébile eau-forte
De mon amour inabreuvé.

Dans le doux et pur reliquaire
De ton cœur cache aussi toujours
La fleur suave et solitaire
De mes décevantes amours.

Puisse son parfum, aux jours sombres,
Se répandant sur tes douleurs,
Dissiper de ton front les ombres
Et sécher de tes yeux les pleurs !

LES DOULEURS

IMPASSIBILITÉ

Impavidum ferient ruinæ.

Arme ton cœur de courage;
Point de sanglots, point de pleurs!
Debout, crie à tes douleurs :
« Frappez, frappez avec rage,

« Vos fureurs n'ont point de prise;
Vos coups sanglants, je m'en ris;
Vos tortures, j'y souris;
Vos tourments, je les méprise! »

Si le mal un jour te tue,
Meurs sans bruit, mais, expirant,
Jette ce cri déchirant :
« O Douleur, je t'ai vaincue! »

A LA MORT

Quand tu viendras, ô Mort, de ta main froide et pâle
Toucher mon front rêveur que la vie a flétri,
Quand je t'aurai livré, dans un suprême râle,
Ce corps par la souffrance et l'amour amaigri;

Quand on l'aura couché sous la funèbre dalle,
Quand mille vers hideux, de leur noir bistouri,
L'auront autopsié, rongé comme un os sale,
Quand ce ne sera plus qu'un squelette pourri,

Tu seras satisfaite, et ta face camarde,
Le soir, à la lueur d'une lune blafarde,
Viendra peut-être encor rire sur mon tombeau.

Tu le pourras très bien sans que nul te dérange,
Et ma mâchoire aussi rira d'un rire étrange
Des vivants, des amis, de l'amour frais et beau.

LE MORIBOND

Le moribond, couché sur son lit douloureux,
Les yeux déjà troublés par la nuit éternelle,
Halète, gémissant sous un mal rigoureux,
Tandis qu'à son chevet la mort fait sentinelle.

Mais l'agonie a beau tordre son corps véreux,
Brider affreusement sa farouche prunelle,
Il lutte, il se débat, encore vigoureux,
Sous la main qui l'étreint à l'heure solennelle.

L'homme endure ici-bas les tourments de l'enfer,
L'angoisse à chaque instant met ses ongles de fer
Dans son âme, l'ennui sans cesse le harponne;

Toujours prêt à souffrir et jamais à mourir,
De l'épreuve à l'épreuve il ne fait que courir;
Sa vie est une croix : qu'importe ? il s'y cramponne !

LA PLUIE

Il pleut. La pluie est bien l'âme de la tristesse;
Messagère du spleen, elle étend sur nos cœurs
Comme un voile de deuil, un brouillard de détresse,
Et ses gouttes sont les larmes de nos langueurs.

Je déteste la pluie. Oh! l'ennuyeuse hôtesse,
Qui nous fouette en janvier de ses âpres rigueurs
Et vient cingler ma joue avec scélératesse,
Redoublant sous le vent ses battantes vigueurs.

Tombe, tombe pourtant, ô bienfaisante pluie
Dont l'onde me pénètre et la brume m'ennuie,
Car, bien plus que la soif, ton eau calme la faim.

Tes gouttes font gonfler les épis de nos plaines
Où pendront ces grains d'or dont nos granges sont pleines.
Pluie, ô manne du ciel, tombe, tombe sans fin.

L'ENFER

L'enfer! Je n'y crois pas. Non, je ne crois qu'au ciel,
Et pourtant, quand je vois constamment asservie
Mon âme à la douleur comme ma lèvre au fiel,
Il existe un enfer, me dis-je, c'est la vie.

Jamais, jamais, hélas! une goutte de miel
Ne s'épanche au banquet auquel Dieu nous convie ;
Amertume ou bonheur très artificiel,
Voilà bien les seuls mets dont la table est servie.

Dans le terrestre feu je brûle et me débats,
Je crois donc à l'enfer limité d'ici-bas,
Mais je crois trop au ciel pour douter de sa grâce.

Si ta miséricorde est infinie, ô Dieu,
Le coupable au bonheur doit-il donc dire adieu?
— Non, car c'est la borner que la supposer lasse.

DÉFAILLANCE

J'étais seul, malheureux, abandonné de tous,
Sans force, sans espoir, l'âme atrocement vide,
Sombrant comme une épave en l'horrible remous
Du cloaque terrestre et de l'ennui livide.

Jeune encor, mais vieilli déjà par la douleur,
Je regardais la vie avec un œil lucide,
Et, n'y trouvant plus rien qu'amertume et malheur,
J'eus recours à ce lâche ami : le suicide.

J'avais le bras levé pour me frapper, soudain
Passa comme un éclair qui m'arrêta la main ;
Ma nuit s'illumina d'une vive lumière...

Et je te vis, ô Christ, martyr en qui je crois,
Maigre, pâle, saignant, avec tes bras en croix...
Et je laissai tomber mon arme meurtrière !

LE CORBILLARD

Pauvre, mélancolique, un sombre corbillard
S'avance lourdement, cahotant un cadavre.
Pas de cortège ; morne, à travers le brouillard,
Le sinistre convoi se détache et me navre.

L'enfant de chœur portant la croix marche devant,
Le prêtre suit disant tout bas une prière,
Puis l'horrible voiture, et pas d'autre vivant
N'accompagne ce mort à l'étape dernière.

Mon âme alors s'emplit d'une immense pitié
En voyant près de moi passer cette détresse,
Fidèle image de l'infidèle amitié...
Et, tout seul, je suivis le char, plein de tristesse.

DÉSILLUSION

Tel qu'un oiseau blessé qui laisse goutte à goutte
S'échapper dans l'air pur le meilleur de son sang,
Je sème à chaque pas, aux ronces de la route,
Toute l'illusion de mon cœur fléchissant.

Trompé par l'amitié, par l'amour, je ne goûte,
Depuis que je suis né, qu'à la coupe de fiel;
Son amertume enfin me lasse et me dégoûte,
Et j'aspire à la mort comme un martyr au ciel.

Aux soi-disant amis j'ai bien, je le proclame,
Ouvert sans marchander et ma bourse et mon âme...
Belle affaire! En retour, ils m'ont fermé leur main!

Chacun pour soi! Voilà la terrestre maxime.
Idiot, fais du bien, sois bon, sois magnanime,
Et l'on te laissera crever sur le chemin!

TOUJOURS SOUFFRIR

Vous tous pour qui la vie est un incessant leurre,
Vous qui tendez vos bras constamment vers la mort,
Quand elle apparaîtra pour vous dire : « C'est l'heure ! »
Peut-être fuirez-vous, pris d'un lâche remord.

Le monde ne vaut pas pourtant qu'on y demeure :
« Toujours souffrir, jamais jouir ! » c'est notre sort.
Mais on se plaît quand même en l'horrible demeure,
Et, quand le bail finit, c'est à regret qu'on sort.

O Mort, tu peux venir, je t'attends de pied ferme !
Ne crains pas que mes bras jamais je te les ferme,
Ne crains pas que je tremble à ton aspect blafard.

Viens, pâle guérisseuse, endormir ma souffrance,
Viens m'ôter de ce monde égoïste et cafard,
Viens combler mes désirs enfin, chère Espérance !

L'OUBLI

Vous que l'on a couchés pour jamais dans la tombe,
Abandonnez l'espoir d'être longtemps pleurés;
La fleur du souvenir s'effeuille vite et tombe,
Délaissée, hélas! par ceux qui sont demeurés!

L'adage : « Le plus sot est celui qui succombe »,
A mille fois raison, et, quand vous dormirez,
Si quelque sentiment persiste en outre-tombe,
De l'oubli des vivants, ô mort, vous gémirez.

La vie et le tombeau nous prouvent que tout passe :
Autour de soi tout meurt avant qu'on ne trépasse,
Et, défunt, on subit l'oubli, cette autre mort.

Peut-être, aux premiers jours, sur votre triste pierre
Quelques pleurs tomberont d'une froide paupière;
Mais puis tout sera dit... Enfin, vous serez mort!

LE SPLEEN

L'ennui, le pâle ennui, bâtard de l'habitude,
Me verse son poison désespérant et lourd.
Je me sens hébété, morne de lassitude,
Et, dans mon cœur blasé, sans écho, tout est sourd.

Toujours la même vie et la même attitude,
Toujours le même jour suivant la même nuit,
Toujours autour de moi la même platitude,
Toujours le même calme après le même bruit.

Je n'ai plus nul espoir, je n'ai plus nulle envie,
Je ne désire rien, ayant l'âme assouvie,
Et je croule vivant au fond d'un noir tombeau,

Où je dors d'un sommeil de brute ; et le vain songe,
Ce frère bien appris du malotru mensonge,
Agite sur mon front son stupide flambeau.

LE CADAVRE

Le mort, blafard et froid, dort couché dans sa bière,
Ayant dans l'œil encore un reste de douleur;
Une suprême larme hésite à sa paupière
Et tombe sur sa joue étique et sans couleur.

Et ce regard où flotte une vague prière,
Et cette bouche pâle où vient glisser un pleur,
Ont l'air de rappeler, l'un sa claire lumière,
L'autre son souffle heureux, jeune et plein de chaleur.

Un calme solennel plane sur ce cadavre
Dont l'aspect effrayant vous émeut et vous navre...
Le mort, les yeux ouverts, semble écouter, hagard.

Et lentement le corps se réduit et se vide;
Un flot de sang noir sort de la bouche livide,
Tandis que, terne et gris, pleure un cierge à l'écart.

LA VIE

Lorsque du noir chaos l'enfant transperçant l'ombre
Arrive sur le seuil de ce monde inconnu,
Comme s'il prévoyait les misères sans nombre
Que le sort lui réserve, il vagit, triste et nu.

Si le néant est nuit, la vie, elle, est bien sombre,
O pauvre infortuné sur la terre venu;
C'est un gouffre de maux où le courage sombre
Quand par l'espoir futur il n'est pas soutenu.

Naître, souffrir, mourir : voilà la destinée
Qui nous enserre tous, implacable, obstinée,
Tels que des oiseaux pris dans un piège infernal;

Bienheureux quand on a la croyance profonde
Que l'âme rompt enfin les chaînes de ce monde
Pour voler vers l'azur, son refuge final.

LE DOUTE

Je porte sur l'échine une croix, lourd fardeau,
Sous lequel, épuisé, mon corps défaille et plie;
Le doute devant moi s'enchevêtre et déplie
Sur mes yeux égarés son opaque bandeau.

Vainement de la foi je redis le *Credo,*
Vainement pour prier mon âme se replie,
L'ombre funèbre dont, hélas! elle est remplie,
Loin de diminuer, va toujours *crescendo.*

Ramper dans une nuit plus noire que la poix,
Y ramper écrasé d'un formidable poids,
Double et cruel tourment qui m'accable et me voûte!

Toi qui dors toute nue en ton obscurité,
Sors de ton puits enfin, ô blanche Vérité,
Viens dissiper en moi les ténèbres du doute.

LA CROYANCE AU NÉANT

« D'où vient-on ? — Du néant. — Où va-t-on ? — Au néant,
Nous répond l'alchimiste avec un air austère :
« J'ai percé, nous dit-il, l'insondable mystère
Enserrant la raison dans un gouffre béant.

« Dieu, que vous adorez comme un être séant
Aux cieux, du haut desquels il gouverne la terre,
Ce Dieu n'existe pas ; l'enfer, qui vous atterre,
L'enfer n'est tout au plus qu'un mot peu récréant !

— Savant, je goûte peu ta science cornue,
Et tu pourrais, ma foi, renverser ta cornue,
Puisqu'au fond tu n'y vois que le vide et le nul.

« Si présent, avenir, le ciel, Dieu, la nature,
Ne sont rien que néant, si juste est ton calcul,
N'en viens pas affliger la pauvre créature ! »

SA MAJESTÉ L'ARGENT!

C'est l'or qui est tout.
GOETHE, *Faust*.

Mais le monde est à nous, car nous avons de l'or.
A. BARBIER.

L'or est roi, l'or est dieu, l'or est l'idole infâme
Devant qui s'agenouille et rampe l'univers;
Sur son immonde autel brûle l'encens pervers
De l'adoration de l'homme et de la femme.

La passion de l'or naît, s'allume et s'enflamme
Au feu toujours croissant des appétits divers,
Elle nous mord, nous ronge, ainsi que mille vers,
Dévorant peu à peu le meilleur de notre âme.

Tous enlacés par ses invisibles réseaux,
Elle nous vampirise et nous boit jusqu'aux os,
Tuant les chastetés, les vertus généreuses :

La femme sacrifie à l'argent sa pudeur,
L'homme sa dignité, sa virile grandeur,
Le prêtre sa croyance et sa foi vigoureuses.

TOUT A VENDRE

Paris lui-même est à vendre..... il s'agit d'y mettre le prix.

D'ENNERY et CORMON, *les Deux Orphelines*.

Il en est de la probité comme du talent : on n'a des gens intègres qu'en les payant.

J.-B. SAY.

Tout à vendre aujourd'hui ! Ça, qu'ici l'on s'assemble,
C'est l'heure des trafics et des marchés humains :
Allons juifs et Judas, négociez ensemble !
Cœurs à vendre ! voyez, prenez l'article en mains !

Avocat, pour cet or, mens sans que ta voix tremble ;
Bazaine, on t'a payé, vends la France aux Germains ;
Femme, vends ta pudeur, et toi, noble, rassemble,
Pour en tirer argent, titres et parchemins ;

Juge, vends la justice, et toi, ministre intègre,
Échange ton honneur contre un pot-de-vin maigre ;
Toi, prêtre, vends ton Dieu ; vous, perfides soldats,

Vendez votre drapeau ; toi, père, vends ta fille.
Vous tous, des renégats la sinistre famille,
Faites fructifier les deniers de Judas.

AUX VIVEURS

Ah! messieurs les viveurs, vous croyez que c'est vivre
De consumer son temps du matin jusqu'au soir,
Invariablement et sans jamais surseoir,
A feuilleter la vie ainsi qu'un mauvais livre;

Battre, cigare aux dents, le bitume, ou bien suivre
Une gothon quelconque, amour ou repoussoir;
Tenir la main, tailler une banque rasoir,
Applaudir Paméla dont la voix vous enivre?

Vous appelez ça vivre, oh! tenez je vous plains,
Cœurs veules, inféconds, d'inutilités pleins,
Rongés par la paresse et la pâle débauche!

Ça, la vie? allons donc! C'est le spleen qui vous mord,
C'est un lent suicide, une invincible mort,
Qui, petit à petit, vous étreint et vous fauche.

LE PORTRAIT

A Adrien de Jassaud.

Jeanne et Jean s'adoraient. Depuis leur mariage,
La paix n'avait jamais déserté le ménage :
L'un sur l'autre appuyés et la main dans la main,
Ils marchaient, sans souci des ronces du chemin;
Le travail les courbait sous sa pesante étreinte,
Mais aux cœurs courageux la vie est belle et sainte,
Et quand, à l'horizon, naissait un sombre jour,
Ils avaient un soleil pour l'éclairer : l'amour.

Debout dès le matin, Jean, solide à l'ouvrage,
Partait pour l'atelier, trimant avec courage
Dans l'atmosphère impure et le bruit des marteaux
De la forge. Au logis, à de mignons travaux
Jeanne passait le temps pénible de l'absence,
Composant de petits chapeaux pleins d'élégance,
Des amours de bonnets, de vrais chefs-d'œuvre enfin,
Auxquels ses frêles doigts donnaient un tour divin.

Le soir, au retour, Jean, le cœur et l'âme en fête,
Entre ses rudes mains prenait la blonde tête
De sa Jeanne adorée, au profil gracieux,
Et l'aveuglait de deux bons baisers sur les yeux.
Bientôt il ne manqua plus rien à leur tendresse,
Le Ciel avait voulu sourire à leur ivresse,
Et, trésor du présent, espoir de l'avenir,
Un ange leur était venu pour les bénir.

« Vois comme il est gentil ! vois comme il te ressemble !
Disait Jeanne en baisant l'enfant.
— Mais il me semble,
Répliquait le mari, qu'il a de sa maman
Le nez, la bouche, tout, et... rien du papa Jean !
— Je sais ce que je dis ! interrompait la mère...
— Et moi, répondait Jean, simulant la colère,
Je dis qu'il te ressemble et qu'il a tout tes yeux,
Et que j'en suis jaloux, et que... j'en suis joyeux ! »

Le petit grandissait dans ces douces querelles
Où se mêlaient toujours de folles ribambelles
De baisers que l'enfant, cause du long débat,
Recevait de chacun, pour finir le combat.

Ils voulurent, un jour, avoir la chère image
De Bébé, de « leur fils », selon leur fier langage,
Où l'amour s'unissait à l'orgueil triomphant,
Et chez le photographe on conduisit l'enfant,
Qui, devant l'objectif, sans dire une parole,
Se plaça de lui-même avec un air tout drôle,
Magnifique, les yeux fixes et résolus,
Attendant le fameux signal : « Ne bougeons plus! »
Le portrait, un prodige exquis de ressemblance,
Rehaussé par un cadre à la chaude nuance,
Fut pendu dans la chambre à coucher des époux,
Et ce saint talisman fit leur sommeil plus doux.

Un soir, Jeanne effrayée entendit le cher ange
Tousser, dans son berceau, d'une façon étrange;
Puis elle remarqua son visage pâlot...
Le lendemain, la toux sonnait comme un sanglot,
Et, quand le médecin vint pour prêter son aide,
L'horrible mal, hélas! demeurait sans remède.
Le croup avait saisi le malheureux petit
Et, sinistre bourreau, l'étranglait sur son lit.
Il mourut étouffé, torturé, l'œil farouche,
Ses doigts mignons crispés et tordus sur sa bouche.

Dès ce jour, les époux si tendrement unis,
Virent de leur passé fuir les rayons bénis,
Un silence de mort pesa sur la demeure
Que l'ange illuminait naguère, mais où l'heure,
Après avoir tinté le temps joyeux et beau,
Sonna lugubrement comme en un froid tombeau.
On ne s'embrassait plus le soir. Abandonnée,
Triste au logis, pendant l'éternelle journée,
Jeanne se lamentait. Son mari rentrait tard,
Maussade, sans un mot, ni même un seul regard.
Une nuit, assoupie, enfin lasse de vivre,
Jeanne le vit entrer hideux, tout à fait ivre,
Et Jean, par l'alcool surexcité soudain,
Sur la pauvre victime osa lever la main.
Elle attendit le coup, sans broncher d'une ligne,
Résignée à son sort, pâle, mais fière et digne.
Devant cette attitude, il eut peur, hésita
A moitié dégrisé... puis sa main s'arrêta.
La femme n'en subit pas moins l'affreuse injure,
Et l'on parla de rompre une vie aussi dure
Et de se séparer.

« Ah! tiens, Jean, cette fois,
Tu n'as pas eu le cœur de frapper, mais je vois

Que, demain, tu seras sans pitié pour la mère
De ton enfant. Dès lors, c'en est fait, je préfère
En finir à l'instant. Séparons-nous !

— Pardieu !
Dit le mari, j'en suis pour qu'on se dise adieu,
Mais là, tout gentiment... sans se fâcher que diable!...
En gens bien élevés... enfin... à l'amiable ! »

Il cessa de railler et s'assit dans un coin
Avec un calme feint, pour être le témoin
Indifférent et froid du départ de sa femme,
Qui, refoulant les pleurs et les cris de son âme,
Pêle-mêle entassait linge, robes, bonnets,
Modestes vêtements et précieux objets,
Dans une large caisse, au milieu grande ouverte.
Jean regardait muet, inébranlable, inerte.

Tout à coup, du petit Jeanne prit le portrait;
Le mari s'élança terrible, stupéfait :
« Ça, c'est à moi ! dit-il, laisse-le, je le garde !
— Tu veux m'enlever ça, toi?... C'en est trop, prends garde !
Je ne suis qu'une femme, et, pour me l'arracher,
Il te faudra, vois-tu, me tuer, me hacher!...

Frappe donc, à présent, si ton courage l'ose,
J'emporte le portrait sans vouloir autre chose! »
Puis, brusquement, avec des sanglots plein le cœur :
« Je t'en prie à genoux, excuse ma douleur,
Mais permets que j'emporte avec moi cette image,
Souvenir du passé riant et sans nuage...
Le bonheur de ma vie était le doux chéri...
Je suis la mère, moi, je l'ai porté, nourri,
Dorloté, constamment entouré de tendresses...
Je l'embrassais. O joie, ô les bonnes caresses!...
Pauvre Bébé mignon, beau chérubin qui dort
Au ciel... et pour toujours!... J'envie, hélas! son sort!...
Je le revois encor si gentil et si rose,
Dormant dans son berceau!... Maintenant il repose
Dans son funèbre lit, dans l'éternel trépas!...
Tu vas me le laisser, le portrait, n'est-ce pas?
C'est une mère, Jean... ta femme, qui t'en prie?... »

Jean pleurait, regardant, l'âme émue, attendrie,
Le portrait du petit. Mais soudain éclatant :

« Reste, pardonne, oublie, a dit en sanglotant
Le mari, revenu, que le remords dévore,
Aimons-nous, ô ma Jeanne, adorons-nous encore,

Et ce portrait chéri, gage des jours heureux,
Qui nous vient réunir... gardons-le tous les deux.

. . . .

Voilà plus de quatre ans déjà que s'est passée
Cette histoire touchante, à la hâte esquissée.
Aujourd'hui, dans le nid charmant et plein d'attraits
Des amoureux époux... on voit deux beaux portraits.

PIE JESU

L'artiste sanglotait, car son père était mort.

Depuis le coup fatal dont l'a frappé le sort,
Il demeure sinistre, immobile dans l'ombre,
Perdu dans sa douleur, l'âme farouche et sombre,
Et par instants son œil humide et désolé
Au piano muet jette un regard voilé...
Plus d'inspiration, de suave harmonie!
L'ange du désespoir terrasse le génie,
La mort, sombre assassin au sourire moqueur,
A tué chez l'artiste et l'esprit et le cœur.

Autour de lui le deuil lugubre et le silence,
Et rien, — hormis des pleurs l'amère violence
A travers cette nuit tout à coup s'avivant, —
Ne viendrait révéler qu'un homme est là, vivant.

O fantôme hideux, ô faucheuse exécrable,
Voilà bien ta besogne aveugle, inexorable :
S'il est, sur cette terre, un être heureux et fort,
C'est celui que tu viens toujours frapper, ô Mort.
En vain le malheureux ou le souffrant t'appelle,
Tu lui laisses la vie et sa peine éternelle.
Ah! ne pouvais-tu pas faire grâce un seul jour,
Ou dérober ailleurs ta victime, vautour?
Va-t'en, strige maudit qui tue et désespère,
Faiseuse d'orphelins, va prendre un autre père,
Frappe au tronc, si tu veux dessécher le rameau,
Frappe, et du même coup deviens deux fois bourreau.

L'artiste s'est dressé soudain! sur son visage
Par l'épreuve abattu brille un mâle courage :
Il se lève superbe, et son front inspiré
D'un sublime rayon paraît être éclairé!
Il va, tendant les bras, plein d'une ardeur nouvelle,
A son docile ami, son piano fidèle,
Qui, dans un coin obscur, semble gémir aussi
Et du Maître affligé partager le souci.
Il s'arrête. Un sourire amer plisse sa lèvre,
Son cœur bat, et sa main, que dévore la fièvre,
Se pose avec amour sur l'instrument aimé...

Mais son mal endormi plus vif s'est ranimé ;
Son angoisse assoupie en un calme illusoire
Se réveille plus forte aux accords de l'ivoire.
Alors ce patient, ce damné, ce martyr,
S'abîmant tout entier dans son noir souvenir,
Sous ses doigts convulsés d'une invincible flamme,
Épancha lentement les peines de son âme,
Et celui qui, longtemps, pour gémir, s'était tu,
De ses larmes de feu fit un *Pie Jesu*.

LA MENDIANTE

Sur une borne du chemin,
Les pieds nus, la robe en guenille,
Est assise une pauvre fille
A l'aumône tendant la main.

C'est une enfant : son regard doux
Exprime une telle détresse
Que dans la main de la pauvresse
Tombent les pièces et les sous.

Elle s'en va, quand vient la nuit,
A certaine femme vampire,
Qui de coups souvent la déchire,
De l'aumône porter le fruit.

On lui jette un morceau de pain,
Si la recette est fructueuse;
Autrement, sur la malheureuse,
Injure et bâton vont leur train.

Des beaux yeux de la triste enfant
Une larme alors glisse, amère:
Elle songe à sa pauvre mère
Comme on songe à qui nous défend.

Cette gueuse qui vous la bat
Avec une rage opiniâtre,
Cette mégère, est sa marâtre,
La femelle d'un scélérat.

Un jour, de son pire destin
La mendiante étant trop lasse,
A sa vie affreuse mit fin :
Une autre, hélas! a pris sa place!...

MON CHIEN

Son œil doux et profond brille d'intelligence,
Je l'appelle : il accourt en toute diligence,
Il bondit de plaisir, il jappe, il est heureux,
Il fond droit devant lui, revient impétueux,
Me jette à pleine voix son aboiement sonore
Et repart de nouveau pour revenir encore,
Hors de joie et d'haleine, aussi prompt que le vent,
Planter sur mon habit ses pattes de devant...
Si je veux sortir seul, je n'ai qu'à faire un signe :
Vite, en chien bien dressé, fidèle à la consigne,
Docile, de la porte il me suit jusqu'au seuil
Et puis va se coucher, triste, sous mon fauteuil,
Son gros museau fouillant la chaude chancelière,
Cependant qu'à demi se ferme sa paupière.
Sa joie, à mon retour, ne connaît plus de frein :
Il aboie, il se dresse, il saute, il fait un train
Infernal, m'accablant de ses baisers humides,
Dont il couvre mon front en ses ébats rapides;

Sa caresse qui pleure, en venant me lécher,
Est sa seule manière, à lui, de se fâcher,
Et son œil, tout rempli d'une tendresse humaine,
M'exprime éloquemment son regret et sa peine...
Plus d'une fois, hélas! pauvre et dans l'abandon,
Le malheur secoua son aile de démon
Sur ma tête accablée; en ma folle détresse
J'eus pour me consoler son unique caresse.
Aussi, lorsque je vois dominer en tous lieux
L'infidèle amitié, l'égoïsme odieux,
Quand je vois les amis que ma fortune attire
Me quitter sans pitié dès qu'elle se retire,
Quand je suis délaissé, ne possédant plus rien,
« Il n'est qu'un seul ami, me dis-je, c'est le chien! »

PLAINTE D'UN ORPHELIN

Mes malheurs ont commencé avec ma vie.
LE TASSE.

Pourquoi frapper, mon Dieu, ta pauvre créature,
Lorsque innocente encor des fautes d'ici-bas,
Elle arrivait, hélas! chétive, frêle et pure,
Sur le seuil de la vie en portant le trépas?

Pourquoi m'avoir privé si jeune de la mère
Qui façonne notre âme aux généreux élans,
Qui rend par son amour la douleur moins amère,
Le cœur plus élevé, les pas moins chancelants!

Pourquoi suis-je venu, sans tache et tout candide,
Dans ce monde où m'attend un éternel remord?
A peine étais-je éclos que je fus parricide,
Je recevais la vie et je donnais la mort!

Pourquoi, mon Dieu, pourquoi m'avoir mis sur la terre,
Si c'est pour souffrir seul, pour vivre sans appui,
Sans pouvoir m'épancher dans le cœur d'une mère,
Sans pouvoir lui conter ma peine et mon ennui?

Toi si juste, ô mon Dieu, pourquoi cette injustice,
Pourquoi ravir la mère et laisser là l'enfant,
Sans guide, sans secours, devant le précipice
Qui s'ouvre sous ses pas, terrible et menaçant?

Enfin, pourquoi?... Mais non, c'est moi qui suis injuste;
Je souffre tant, mon Dieu, que j'allais blasphémer
Ton nom, qui signifie amour, ton nom auguste,
Ton nom, qu'on ne saurait trop chérir, trop aimer.

Pardonne, je t'en prie à deux genoux, pardonne,
Toi qui pardonnas tout sur le grand Golgotha,
Pardonne à l'orphelin que son mal aiguillonne,
Je suis de cette foule aussi qui t'insulta.

Tu l'as voulu, Seigneur; comme Job je m'incline,
Le murmure à jamais de ma bouche est banni;
J'accepte, résigné, ta volonté divine;
Tu m'as fait orphelin, que ton nom soit béni!

. . . .

Du céleste séjour veille sur moi, ma mère,
Je t'aime, oh oui ! je t'aime, et ne te connais pas;
Étends sur ton enfant une main tutélaire,
Et du pauvre orphelin soutiens les faibles pas.

Sevré si jeune encor de tes douces caresses,
De tes soins dévoués, je n'ai fait que languir;
J'ai vidé bien des fois la coupe des tristesses;
Pour vivre près de toi, que je voudrais mourir !...

L'HIVER

Salus in caritate.

Serrez-vous, mes pauvres petits,
Comme les oiseaux dans leurs nids,
Près de l'âtre où la flamme brille;
Le rude hiver sur le coteau
A déployé son blanc manteau;
Chauffez-vous au feu qui pétille.

Plus de verdure! Adieu, soleil,
Qui me saluais au réveil
De ton joyeux éclat de rire!
Les torpeurs font place aux frissons,
Les pleurs de la bise aux chansons,
Et la terre engourdie expire.

Couronne que sur votre front
Posait avril, quand renaîtront,
Arbres dénudés, vos ramures?
Et toi, brise, sous leurs berceaux
Où gazouillent les clairs ruisseaux,
Quand rediras-tu tes murmures?

Tout est lugubre autour de nous :
Le jour pleure ses rayons doux,
Le vallon ses vertes pelouses,
La campagne pleure ses fruits,
Et la cité ses mille bruits,
Ses ardeurs, ses fièvres jalouses.

Bien des malheureux, sous leurs toits,
Vont, hélas! souffler dans leurs doigts
Que glace l'hiver de son aile!
Bien des pauvres vont avoir faim ;
Nous leur dirons : « Voici du pain,
Et voici du bois, puisqu'il gèle! »

Hiver, vieillard au front bourru,
Sans pitié frappe ferme et dru,
Épanche partout ta colère,

Enfante mille maux affreux,
Qu'importe! les cœurs généreux
Sauront terrasser la misère.

Notre nom est : Humanité,
Notre devise : Charité,
Arrière l'avare égoïsme!
Allons, tous debout, les heureux!
Aidons nos frères malheureux!
C'est la loi du Christianisme.

A vous, victimes des hivers,
Nos bourses, nos cœurs sont ouverts,
Puisez, notre âme en sera fière!
Puisez l'argent, puisez l'espoir;
Mais en retour, quand vient le soir,
Dites pour nous une prière!

CONDOLÉANCE

La mort a des rigueurs à nulle autre pareilles.
MALHERBE.

A Monsieur L. V.

Père, incline le front sous le coup déplorable
Qui te brise le cœur :
Le Dieu qui t'a frappé, c'est le Dieu secourable,
Offre-Lui ta douleur.

Ceux-là sont ses élus que souvent Il éprouve,
Ce que Dieu fait est bien,
Et, loin de murmurer, que le malheur te trouve
Courageux et chrétien.

La mort a moissonné la mère si fidèle
De tes frêles enfants :
Des plus belles vertus s'est éteint le modèle
A la fleur de ses ans.

Ivre d'affection, prodigue de tendresse,
Jusqu'à son dernier jour
Sa vie, hélas! ne fut qu'un court chant d'allégresse
Et qu'un long cri d'amour.

Vaillante, noble épouse et mère magnanime,
Après un dur tourment,
Sainte et douce martyre, elle tomba, victime
De son grand dévouement.

Sois fort : les yeux levés vers la céleste voûte
D'où nous vient tout espoir,
Du terrestre sentier parcours l'étroite route,
Sans faillir au devoir.

Pour tes faibles enfants raffermis ton courage,
Ils n'espèrent qu'en toi;
Guide leurs pas tremblants, défends-les de l'orage,
A l'ombre de la foi.

Va sans crainte et sans peur : des sphères éternelles,
Protégeant leurs destins,
Un ange avec amour étend ses blanches ailes
Sur ces quatre orphelins.

LES ESPOIRS

CONVERSION

Pareil au naufragé qui, pour gagner le port,
N'a qu'une seule épave en son péril extrême,
Ballotté par la vie, abattu par le sort,
Je m'abandonne à Dieu, mon refuge suprême.

Oui, Seigneur, c'est en toi que je veux reposer
Mon pauvre cœur blessé par les luttes du monde,
C'est sur ton corps saignant qu'elle veut se poser,
Ma lèvre qu'a flétrie, hélas! le vice immonde.

Par ce baiser divin dès lors purifié,
J'achèverai l'étape à l'abri de l'orage,
A l'ombre de tes bras, ô grand Crucifié,
D'où tombent le pardon, l'espoir et le courage.

Oui, ma bouche rivée à ton doux crucifix,
Dédaignant désormais tous les biens de la terre,
J'attendrai que ta voix me dise enfin : « Mon fils,
Je t'absous à jamais du péché délétère. »

Je le sais maintenant : tout désir est menteur,
Toute liqueur au fond de la coupe est amère,
Tout espoir est déçu, toute joie éphémère ;
Toi seul ne trompes pas, ô Christ consolateur.

Aux désirs de la chair je dis enfin adieu !
Cœurs de femme ou d'ami, pétris du même argile,
Je n'attends rien de vous et n'espère qu'en Dieu,
Lui seul est de granit dans ce monde fragile.

Dans le saint repentir tout entier abîmé,
Vers toi je pleure, ainsi que jadis Madeleine,
Comme elle j'ai péché, comme elle bien aimé,
Comme elle sauve-moi de l'éternelle peine !

Pécheur invétéré, je retourne au bercail,
Qui m'offre, avec la paix, son abri tutélaire,
Et je veux m'y vouer à l'austère travail
Qui porte seul, au ciel, un précieux salaire.

Au flot du pur amour je tremperai mon cœur,
Renonçant aux transports des décevantes joies,
Du joug des passions je me rendrai vainqueur,
Pour marcher affranchi dans les paisibles voies.

Sous mon humilité je plierai mon orgueil;
J'emploierai mes efforts, mes jours, à l'y soumettre,
Et, quand l'heure viendra de dormir au cercueil,
J'y descendrai tranquille, ô mon souverain maître.

Que ton règne d'amour m'arrive, ô Roi des cieux,
Mets la paix en mon âme et rends-lui l'espérance,
Dissipe de mon front le trouble soucieux;
Toi qui souffris jadis, viens guérir ma souffrance.

Je t'implore, Seigneur, pitié pour le martyr
Qui n'a plus désormais que Toi pour seule envie;
Vois : de mes yeux rougis coule le repentir.
Pitié pour le blessé, le vaincu de la vie!

LA FÊTE-DIEU

Les cloches font monter jusqu'au plus haut des cieux
De leurs gais carillons l'alléluia pieux.
La ville est pavoisée : on voit, comme des flammes,
Se balancer dans l'air de rouges oriflammes ;
Sur les places, sur les chemins jonchés de fleurs,
Des mâts, au front orné de riantes couleurs,
Se dressent, déployant au vent leurs auréoles
De festons, de rubans, de buis, de banderoles,
Tandis qu'un beau soleil, d'un nuage émergeant,
A l'or des reposoirs met des rayons d'argent.
La foule, pour chanter les célestes cantiques,
S'écrase dans les nefs des temples magnifiques,
L'orgue aux puissants accords mêle ses longs accents
A l'hymne, qui s'envole au ciel avec l'encens.
La foi, source féconde et pure d'allégresses,
Inonde tous les cœurs de sublimes ivresses :
Tout est prière, amour, espoir, dans le saint lieu,

Tout célèbre à genoux la sainte Fête-Dieu...

. . . .

Et, dans les vieilles tours, les cloches ébranlées
Sonnent joyeusement leur vibrantes volées,
Et le soleil, plus beau, plus généreux encor,
Sur toute la cité verse des gerbes d'or.

L'orgue se tait soudain, et l'innombrable foule,
Gravement, lentement, de l'église s'écoule.
Qui pourrait exprimer la sublime grandeur
Du cortège sacré déroulant la splendeur
De ses châsses d'argent et d'or, de ses bannières
Claquant dans l'air avec des allures guerrières;
De tous ces chœurs d'enfants, terrestres séraphins,
Chantant à pleine voix les hosannas divins;
Des jeunes filles dont le blanc voile de tulle
Accroît la beauté plus qu'il ne la dissimule;
De ces prêtres, formant une garde d'honneur
Au dais étincelant sous lequel Monseigneur
Élève sur la foule en extase et ravie
Le Très Saint-Sacrement, où le doux pain de vie,
Enchâssé dans son disque éclatant de soleil,
Resplendit à travers l'ostensoir de vermeil!

. . . .

Hélas! je vous aimais, saintes cérémonies,
Avec vos chants sacrés, vos larges harmonies,
Car vous illuminiez de votre majesté
Ce culte, si touchant en sa simplicité,
Dont Jésus, le divin conteur de paraboles,
Enseignait autrefois les immortels symboles,
Dans les bourgs de Judée et sur les bords fleuris
Du Tabarias, à ses disciples attendris.
Si l'époque actuelle est une époque sombre,
O chrétiens généreux qui gémissez dans l'ombre,
Vous verrez luire enfin à vos yeux d'autres jours,
Car la foi de l'épreuve a triomphé toujours!
Bientôt, j'en ai l'espoir, Église souveraine,
Le Dieu qui nous rendra l'Alsace et la Lorraine,
Le Dieu de Sabaoth, trois fois saint, qui peut tout,
Fera libre la France et te verra debout.

LE MOIS DE MARIE

Tout chante au mois de mai, tout renaît à la vie,
La nature a repris sa couronne de fleurs,
Sublime autel, la terre, embaumée et ravie,
Pour la mère du Verbe étale ses couleurs.

Sur l'aile de la foi montent, Vierge Marie,
Vers ton trône des chants et des hymnes vainqueurs,
Comme un suave encens de notre âme attendrie,
Comme un pieux écho de nos fidèles cœurs.

Aux sonores accents du terrestre cantique
Se mêle l'hosanna de la cour angélique
Pour dire tes grandeurs, Vierge, Reine des cieux.

Fléchissant sous le poids de la douleur amère,
Hélas! nous t'implorons : montre-toi notre mère,
Ne nous refuse pas ton appui précieux.

AU SEUIL DE LA VIE

Souris, enfant, à ton aurore,
Comme la fleur sourit au jour;
Ta tendre vie encor s'ignore,
Toi que le souffle de l'amour
A fait joyeusement éclore,
Souris, enfant, à ton aurore.

O charme du toit solitaire,
Flamme vivante du foyer,
C'est la tendresse d'une mère
Qui te fait vivre et flamboyer,
Sans elle tu t'éteins sur terre,
O charme du toit solitaire.

Ton cœur est riche d'espérance,
Et cependant tu n'oses pas
Avec une entière assurance
Risquer encor tes premiers pas.
Enfant, craindrais-tu la souffrance?
Ton cœur est riche d'espérance!

Va tout droit! Espoir et courage!
Va tout droit dans l'âpre chemin :
La vie est un pèlerinage
Que doit accomplir chaque humain.
Sous l'œil de Dieu qui t'encourage,
Va tout droit : espoir et courage!

Combien est vive l'allégresse
De ta mère en te contemplant,
O cher trésor de sa tendresse,
Quand tu tentes en chancelant
Un pas encor plein de faiblesse!...
Combien vive est son allégresse!

Mais quel chagrin quand elle pense
A tous les maux, à tous les pleurs,
Que la vie aux mortels dispense!

Pour son enfant que de douleurs
Elle semble prévoir d'avance
Quand à l'avenir elle pense!...

Elle tremble, ta pauvre mère,
Devant les terribles combats
Qui naîtront sur ta route amère!
Triste, en voyant ton premier pas
Si faible, elle les énumère,
Et tremble, hélas! ta pauvre mère!

Que de fois en cette vallée
Tu verras s'attrister ton cœur!
Que de fois ton âme isolée,
Victime du destin moqueur,
Tombera, lasse et désolée,
Au revers de cette vallée!

Si le doute obscurcit ton âme,
Au soleil de la vérité,
Cette éternelle et pure flamme,
Dissipe ton anxiété!
Que la foi t'éclaire et t'enflamme,
Si le doute obscurcit ton âme!

Conserve ta douce innocence,
Et, loin du vice séducteur,
Coule en paix ta frêle existence.
Du ciel un ange protecteur
Veille sur ta timide enfance.
Conserve ta douce innocence!

EDWIGE

Je la vois d'ici, la mutine Edwige,
Emplir de gaîté toute la maison,
J'entends son babil, oiseau qui voltige,
Tenant en son bec un brin de raison.

Qui pourrait compter ses folles répliques,
Ses réflexions pleines de bon sens,
Et ses mots naïfs et ses mots épiques
Où l'esprit malin est caché dedans?

Ah! c'est que déjà l'espiègle mignonne
Doit chasser de race, et voilà pourquoi
Sa parole est fine et son âme bonne :
Esprit n'exclut pas bonté, sur ma foi!

Je la vois encor, la douce gâtée,
Vous opprimer tous comme un vrai tyran,
Et de cent baisers au moins par journée
Imposer papa, frères et maman.

Vous vous soumettez sans aucun murmure
Au terrible joug de ce cher vainqueur,
Et payez l'impôt au taux de l'usure
Avec les trésors purs de votre cœur.

Combien, envieux d'un tel esclavage,
Seraient trop heureux de subir les lois
Et vivre sujets dans le doux servage
De ces grands démons, de ces petits rois!

Fortune, grandeurs, tout votre prestige
Ne vaudra jamais un baiser d'enfant,
Et pour ceux, hélas! qui n'ont pas d'Edwige,
Le foyer est triste et l'air étouffant.

Conservez, mon Dieu, leur seule richesse
Aux déshérités des biens d'ici-bas,
C'est leur seul amour, leur seule tendresse,
Et leur seul appui dans les durs combats.

Laissez ce rayon vivant à leur ombre,
Laissez ce soleil joyeux à leur cœur,
Laissez cette flamme à leur foyer sombre,
Laissez à leur toit l'ange protecteur!

NOEL

J'entends la cloche sainte
Qui tinte
Joyeuse dans la nuit,
Pendant qu'en sa demeure
Satan de rage pleure
A l'approche de l'heure
Qui va sonner minuit.

Un enfant vient de naître
Pour être
Le sauveur des humains;
La clémence éternelle
Plus grande se révèle
Et sur les fronts ruisselle
De ses petites mains.

Un nimbe l'environne,
Couronne

D'un éclat triomphant,
Et la douce Marie,
Vierge et mère attendrie,
Pour l'humanité prie
Un tout petit enfant.

De sublimes louanges
        Les anges
Font retentir les airs.
Sauvée en sa détresse,
La terre avec tendresse
A leurs chants d'allégresse
Mêle ses saints concerts.

La voix retentissante,
        Puissante,
De l'ange Gabriel,
Vibrant comme un tonnerre
Crie : « A tous paix sur terre,
Au Dieu qui régénère
Gloire au plus haut du ciel! »

Paissant sur les collines
        Voisines

Leur fidèle troupeau,
Des bergers voient l'étoile
Qui, parmi l'épais voile
De la nuit, leur dévoile
Le souverain berceau

Où rendent leurs hommages
Les Mages
Avec sérénité,
Adorant, dans l'enfance
Et la frêle innocence
De Jésus, la puissance
De sa divinité.

Du berceau salutaire
La terre
Reçoit la liberté,
Et c'est d'une humble crèche
Qu'à toute âme qui pèche
Un Dieu pardonne et prêche
La grande vérité.

FŒDERIS ARCUS

Un immense point d'or, de saphir, d'émeraude,
Ruban au vif éclat, ceinture que Dieu brode,
Embrasse tout le firmament.
Ce présage de paix, ce signe d'alliance,
Ramène dans nos cœurs brisés la confiance,
L'espoir et le soulagement.

Le temps a beau semer partout son souffle aride,
Il ne pourra jamais faire naître une ride
Sur l'arc divin aux sept couleurs;
Il sera, malgré lui, frais, léger, diaphane,
Vainqueur de la tempête et du contact profane
De notre séjour de douleurs.

Quelle richesse éclate en son arche hardie
Irisant tout l'azur de sa frange arrondie,
Formant un dôme à l'horizon!
Sa vue éblouit l'âme et bannit ses alarmes.

Tel un rayon d'espoir sèche et tarit les larmes
Du malheureux dans sa prison.

En vain la foudre gronde au-dessus de nos têtes,
Infrangible ruban enchaînant les tempêtes,
L'arc-en-ciel souverain
Déroule, radieux, sa splendide couronne
Où brillent flamboyants ces mots : « Dieu, qui pardonne,
Vous rend, pécheurs, un ciel serein ! »

Salut, arceau béni, sublime météore,
Reflet resplendissant de l'éternelle aurore,
Diadème du paradis !
Après son dur exil, l'âme, aux cieux destinée,
Suit-elle, dans son vol, ta voie illuminée
Lui découvrant les saints parvis ?

Bel arc, dont les couleurs annoncent l'espérance
A tout âge ici-bas comme à toute souffrance,
Es-tu le sentier glorieux
Où Gabriel conduit les vaillantes phalanges,
Les chœurs des séraphins et les légions d'anges,
Pour faire honneur au Roi des cieux ?

VÉRITÉ

Tout naît, vit et s'éclaire au soleil de ce monde;
De même, ô vérité,
Les esprits et les cœurs de ta flamme féconde
Reçoivent la clarté.

Tu portes sur ton front la couronne de reine,
Ton trône est éternel,
Rien ne peut égaler la splendeur souveraine
De ton nimbe immortel.

Ton empire commence et finit en Dieu même,
Et deux voix tour à tour
Proclament à jamais ta majesté suprême :
La raison et l'amour.

Pour dérider nos fronts, les fleurs fraîches écloses
Embellissent les champs;
Pour consoler nos cœurs, tu baignes toutes choses
De tes rayons touchants.

Ouvre toi, livre d'or, viens nous tirer du doute
Et de l'obscurité;
Tel qu'un flambeau divin, sur notre sombre route
Jaillis, ô vérité!

De l'azur radieux rayonne sur la terre,
Foyer, réchauffe-nous;
L'homme a soif d'épeler le Credo salutaire
Que l'on dit à genoux.

Quand le poète pleure et gémit sur sa lyre,
Écho de ses douleurs,
Fais qu'un rayon d'espoir traverse son délire
Et tarisse ses pleurs!

AU MOIS DE MAI

Beau mois de mai, tu rends à nos bois leur parure;
Le soleil resplendit plus pur à l'horizon;
Tout est lumière, joie, amour, fleur et verdure,
Tout chante les bienfaits de la belle saison.

L'onde, en hiver captive, a repris son murmure;
L'oiseau redit, joyeux, sa plus folle chanson;
L'arbre livre au zéphyr sa verte chevelure,
Où sème des parfums la brise du buisson.

De la création l'Univers est le temple,
Dont le dôme est le ciel; l'homme, heureux, se contemple
Au sein de l'harmonie où tout est grand et beau;

Dans le ravissement des merveilles du monde,
Il laisse aller son âme au bonheur qui l'inonde
Comme le vif éclat d'un céleste flambeau!

L'ANGE GARDIEN

Qui es in cœlis

A mon fils.

Cher enfant que Dieu m'a ravi
Pour grossir la sainte phalange
Du ciel, où mon cœur t'a suivi,
Étends sur moi tes ailes d'ange.

O mon amour, ô mon Fabien,
Toi qui vis auprès de ma mère,
Sois mon protecteur, mon soutien,
Mon guide en cette vie amère.

Du désespoir rends-moi vainqueur,
Raffermis mon faible courage,
Inspire et relève mon cœur
Quand l'abat le terrestre orage.

Écarte de moi le chagrin,
Les douleurs, les soucis moroses ;
Que je cueille sur mon chemin,
Semé d'épines, quelques roses !

Viens près de moi dans mon sommeil,
Pour qu'il soit bercé d'un doux songe;
Que je te voie à mon réveil,
Pour que mon jour soit sans mensonge !

Jusques à l'éternel revoir
Sois toujours ma pure lumière,
Et, pour marcher dans le devoir,
Mets sur ma bouche la prière !

COURBET

Depuis quinze ans déjà penchant ton noble front,
Tu pleurais ta défaite, ô France, et ton affront ;
Mais ton cœur, où l'espoir sacré toujours demeure,
Attendait, confiant, une chance meilleure...
Hélas ! rien ne venait éclairer ton destin,
Quand surgit un sauveur, un héros, un marin :
Courbet, chef vénéré, fier, jaloux de ta gloire,
Orgueilleux d'effacer le deuil de ton histoire,
Rendit à ton drapeau vaincu l'illusion
Du triomphe et de la régénération.
Il vint, et son épée, écartant la tempête,
Te permit un moment de relever la tête.
On compta tes succès comme avant tes revers,
Les cœurs à l'avenir serein furent ouverts.
Avec ces deux amours : la Mer et la Patrie,
Maîtresses qu'il aimait avec idolâtrie,
Sans d'autres horizons que la vague et l'azur,

Il va, soldat soumis, sous un climat impur,
Sans reculer, n'ayant qu'une seule pensée :
Celle de ramener la victoire passée
Pour lui restituer son temple et son autel
Et rendre à son pays son éclat immortel.
Dans les âpres combats, ardent, il l'a suivie,
Il l'atteint maintes fois, au péril de sa vie,
Aux batailles d'Hué, d'Hanoï, de Sontay,
Faisant des coups de maître à chaque coup d'essai.
Son courage invaincu jamais ne se repose,
Il détruit Fou-Tchéou, puis bloque et prend Formose,
Plaçant, par cet exploit, sa valeur hors de pair
Parmi les officiers et de terre et de mer.
Mais son cœur, qu'élevait l'orgueil du sacrifice,
Accablé de fatigue autant que d'injustice,
Ce cœur fier de héros d'amertume rempli,
Fut brisé, sans avoir un seul instant faibli ;
Pâle martyr, heureux de son œuvre féconde,
Il rentra dans la nuit comme un astre dans l'onde,
Pour s'endormir enfin du paisible sommeil,
En attendant le jour brillant du grand réveil.

Dors, Courbet, dans la paix de ta gloire sereine ;
Triomphant du dédain et de l'injuste haine,

Victime du devoir, héros des bons combats,
Dors, la France te veille et te parle tout bas.

Grave dans l'immortel airain, ô statuaire,
Cette image sublime, et, nous, pour sanctuaire
Nous te donnons, Courbet, un seul et même cœur
Où tu seras toujours vivant, ô grand vainqueur!

Et quant à l'avenir, cet éternel peut-être,
Ce mystère profond que Dieu seul peut connaître,
Ce fer de Damoclès sur nos fronts suspendu,
Qu'on n'ose envisager que d'un œil éperdu,
Attendons-le sans crainte, et, remplis d'espérance,
Tous, la main dans la main, disons : Vive la France!

LA MUSIQUE

A Eugène Priad.

Que je t'aime, harmonie, émouvante musique,
Tes sons plaintifs sont bien l'écho de mes douleurs,
Je sens flotter mon rêve en ta langue mystique,
Et tes accords profonds sont mouillés de mes pleurs.

Ma piété s'accroît quand, dans la basilique,
L'orgue exhale tes chants aux sonores ampleurs,
Et j'ai la vision de la cour angélique
Célébrant du Très-Haut les sublimes grandeurs.

Verse, verse en mon cœur ta divine ambroisie,
O musique par qui je vibre et m'extasie,
Viens endormir mes maux et ranimer ma foi,

Viens pénétrer mes sens de ta brûlante flamme,
Viens rouler dans tes flots harmonieux mon âme,
Viens l'emporter au ciel, ta patrie, avec toi.

LE CIEL

Je plains le malheureux qui ne croit pas aux cieux !
Quand l'orage du monde éclate sur ma tête,
L'œil de ma foi distingue, à travers la tempête,
Un refuge assuré dans l'azur radieux.

Le vent, musicien au souffle injurieux,
Embouche vainement son horrible trompette,
Mon âme, sur laquelle il s'acharne et tempête,
Plie et ne rompt jamais sous ses coups furieux.

L'espoir en l'autre vie est l'invincible égide
Où s'en vient se briser la colère perfide
Du fougueux aquilon que déchaîne Satan.

J'affronte sans pâlir les effroyables rages
Des maux, des passions, des vents et des orages,
Avec la foi, ce *quos ego* de l'ouragan !

L'ESPÉRANCE

L'espérance survit toujours au cœur de l'homme,
C'est du pauvre affamé le pain quotidien,
C'est la force du faible et du souffrant le baume,
C'est du riche repu le plus souhaité bien.

C'est le flambeau divin qui brille sous le chaume,
Quand l'Hiver, vieillard sombre à face de vaurien,
Amène la misère et le travail qui chôme,
C'est l'épave qui reste à celui qui n'a rien.

Luis, resplendis, rayonne en moi, chère espérance,
Viens grandir mon courage et calmer ma souffrance,
Viens éloigner le doute et m'apporter la foi;

O sublime vertu, doux pain qui me fait vivre,
Source rafraîchissante où mon âme s'enivre,
Manne de l'univers, j'ai faim et soif de toi!

CHRIST EN CROIX

Ta gloire n'est pas morte, ô Christ, quoi qu'en ait dit
Le chantre de *Rolla* dans un honteux blasphème ;
Phare d'espoir, ta Croix, défiant l'anathème,
D'un éclat toujours pur sur nos fronts resplendit.

Contre ton éternel gibet l'enfer maudit
Se dresse vainement, en son délire extrême :
Ses feux n'entameront jamais le bois suprême
D'où ta voix crie : Arrière ! à Satan le bandit.

Aigles, vautours, corbeaux, carnassiers effroyables,
Vampires assassins, striges impitoyables,
Du divin Roi des rois déchiquetez le cœur,

Sur son corps pantelant épuisez votre rage,
Mordez, fouillez, pillez, aiguisez au carnage
Vos griffes et vos becs : Christ demeure vainqueur !

CROIRE, ESPÉRER, ET SURTOUT AIMER

Nunc autem manent fides, spes, caritas : tria hæc; major autem harum est caritas.

SAINT PAUL.

La charité n'est point une orgueilleuse aumône,
C'est l'amour du prochain, et non de l'indigent;
C'est le cœur qui s'immole, et non la main qui donne;
C'est l'offre de nous-même, et non de notre argent.

C'est ne dire jamais aucun mal de personne,
C'est être pour autrui serviable, indulgent,
C'est souffrir dans ses maux, frémir quand il frissonne,
C'est compatir enfin à son sort affligeant.

Douce espérance et foi sublime, vertus saintes,
Vous n'êtes sans l'amour que des flammes éteintes,
Il vous faut ce reflet de Dieu : la charité.

Rayons qui descendez de la source première,
Montrez-nous le chemin éclatant de lumière
Qui mène vers le bien et vers la vérité.

LA PRIÈRE

Nous avons tous, hélas! nos heures de souffrance,
Et plus d'un, harassé, penche son front pâli,
Sur lequel la douleur et la désespérance
Ont sans pitié creusé leur inflexible pli.

Combien de cœurs déçus, fermés à l'espérance,
Combien de cœurs où dort l'amour enseveli,
N'aspirent qu'à la mort, suprême délivrance,
Néant vaste, hanté par l'éternel oubli!

Pour soutenir leurs pas dans la rude carrière,
Donnez-leur, ô Dieu bon, cet appui : la prière,
Et ce flambeau : la foi, pour luire en leur chemin.

Courbé dans la prière, où mon âme s'abîme,
Je crie aussi vers vous du profond de l'abîme :
Écoutez-moi, Seigneur, et tendez-moi la main.

SATAN

Quærens quem devoret.

Lucifer le maudit, du fond de la géhenne,
Souffle l'ignominie et le crime aux mortels;
Aux flammes de l'enfer il échauffe sa haine,
Qu'attisent les démons, diacres de ses autels.

Fier, l'ironie au coin de sa lèvre malsaine,
Idéal de l'orgueil et du vice immortels,
Il trône, souverain dans son rouge domaine,
Debout, jetant à Dieu de farouches cartels.

Grandiose et sinistre, ouvrant ses triples ailes,
Il darde, furibond, ses voraces prunelles
Vers la terre, cherchant une proie à sa faim;

Il bondit tout à coup du profond de l'abîme,
Mais l'archange survient, le terrasse et l'abîme
Dans la nuit éternelle et les gouffres sans fin.

VIVES UNGUIBUS ET MORSU

A Joséphin Péladan.

Salut, jeune et vaillant champion de la vie
Que le bourgeois stupide essaye de salir,
Toi qui, plein de dédain pour la foule asservie,
Poursuis, victorieux, ta tâche sans pâlir!

On te hue, on te siffle, on te raille, et, ravie,
Ton âme se délecte au lieu de s'affaiblir,
Car tu sais démêler l'âpre et secrète envie
A travers ces affronts dont on veut t'avilir.

Lutte, — je t'applaudis, — sur la terrestre scène,
Méprise l'idiot et sa rage malsaine,
Méprise le butor à l'avis préconçu;

Mais, si quelque robuste ennemi te déchire,
Ne te contente pas seulement de sourire;
Sus, alors! sus! *vives unguibus et morsu!*

L'ÉTERNITÉ

Que nous réserves-tu dans ton éternité,
O puissant Créateur, qui nous donnas la vie?
Est-ce le châtiment, est-ce l'impunité
Du coupable, dont l'âme au mal s'est asservie?

J'ai peur, devant ton bras justement irrité,
Que de maux éternels ma mort ne soit suivie,
Et je crains, quand le ciel est ma suprême envie,
L'enfer, que mes péchés, hélas! ont mérité.

Mais non, pourquoi douter de ta miséricorde,
Dieu d'amour dont le cœur de tendresse déborde,
Et qui pour les humains sacrifias ton fils?

Nos crimes ne sont rien auprès de ta clémence;
Pardonne à tes bourreaux en proie à la démence,
Comme leur pardonna ton doux Jésus, jadis.

SURSUM CORDA!

Homme, sois généreux, loyal et magnanime,
Que des grandes vertus la passion t'anime;
Marche en faisant le bien, le cœur fier, le front haut,
Prêt et sans cesse armé pour le terrestre assaut.
Si la douleur t'étreint, si la peine t'accable,
Qu'un regard vers le ciel te rende inébranlable.
Du faible sois toujours le zélé défenseur,
Protège l'opprimé, fais face à l'oppresseur;
Affronte le danger et jamais ne recule;
Rends le bien pour le mal, sans peur du ridicule;
Secours le malheureux, soulage le souffrant;
Confonds le pédantisme, éclaire l'ignorant.
Au monde, que régit l'égoïsme en despote,
Apparais sans rougir, en vaillant Don Quichotte;
Répands sur ton chemin le droit et l'équité,
Et prends pour ta devise : amour et charité!

MISERERE MEI, DEUS!

Jusqu'à mon dernier jour, pitié, pitié pour moi,
O toi dont l'univers célèbre la clémence!
Chargé d'iniquités, je halète d'émoi;
De ton hysope, ô Dieu, lave mon crime immense.

Ne me repousse pas, ô mon souverain Roi,
Si je n'ai point encor vaincu l'accoutumance
Du mal, dont ma raison m'éloigne avec effroi,
Et vers lequel toujours m'entraîne ma démence.

Je remets, ô Seigneur, mon âme entre tes mains,
Guide-la vers le port parmi ces clairs chemins
Où marchent tes élus, vierges d'ignominie;

Et, quand tu daigneras rompre enfin son exil,
Qu'elle voie, à travers la paix de l'agonie,
Tes saints parvis s'ouvrir pour elle. *Ainsi soit-il!*

TABLE

LES VOLUPTÉS

LES AMOURS

LES DOULEURS

LES ESPOIRS

Imp. JOUAUST.

LIBRAIRIE PAUL OLLENDORFF

28 *bis*, rue de Richelieu, PARIS

ADAM (F.-E.) — **Par les bois,** poésies, notes intimes, études et paysages. 1 vol. grand in-18. . . . . 3 »

AICARD (Jean). — **La Comédie-Française à Alexandre Dumas,** à-propos en vers dit à la Comédie-Française par M. Delaunay, le jour de l'inauguration de la statue d'Alexandre Dumas sur la place Malesherbes. In-16. » 50

Quelques exemplaires numérotés sur papier de Hollande, 2 fr.

AICARD (Jean). — **Le Dieu dans l'homme.** 1 vol. grand in-18. . . 3 50

AICARD (Jean). — **Lamartine,** poème, premier prix du Concours de poésie de l'Académie française, lu par l'auteur dans la séance publique annuelle de l'Académie française, le 15 novembre 1883. In-16 . . . . 1 »

Quelques exemplaires sur papier de Hollande, 2 fr.

AICARD (Jean). — **Miette et Noré.** 1 vol. grand in-18. . . . . . . 3 50

AICARD (Jean). — **Au bord du désert.** 1 vol. grand in-18. . . . . 3 50

ALEXANDRE (André). — **Le Sonneur de biniou. — Rêveries et Chansons.** 1 vol. in-18. 3 »

BERTHEROY (Jean). — **Marie-Madeleine,** poème. Préface de François Coppée, avec une eau-forte d'Ary Renan. 1 vol. in-18. . . . . 2 »

BERTHEROY (Jean). **Vibrations,** poésies. 1 vol. in-18. . . . . . 3 50

BOYER (Georges). — **Hérode,** poème lyrique, musique de William Chaumet, ouvrage couronné par l'Institut (concours Rossini, 1883). In-18 . . . . 1 »

BOYER (Georges). — **Paroles sans musique,** avec une lettre d'Auguste Vitu. 1 vol. grand in-18. . . . . 3 50

CHAUVIGNY (Louis de). — **Amours défunts** 3 50

CHAUVIGNY (Louis de). — **Sac au dos,** poésies. 1 volume in-18, papier teinté. 3 50

DELAIR (Paul). — **Les Contes d'à présent,** avec une lettre de Coquelin aîné, de la Comédie-Française, sur la *Poésie dite en public et l'Art de la dire*. Nouvelle édition, revue et augmentée. 1 vol. grand in-18. . . . . . . 3 30

Quelques exemplaires sur papier de Hollande. 8 fr.
— — — de Chine . . 12 fr.

DELPIT (Albert). **Les Dieux qu'on brise.** 1 vol. in-18. . . . . . . 3 50

GOUDEAU (Émile). — **Fleurs de bitume,** petits poèmes parisiens. 1 vol. grand in-18. . . . . 3 50

GOUDEAU (Émile). — **Poèmes ironiques.** 1 vol. grand in-18. . . . 3 50

GUIARD (Émile). — **Poésies,** avec une notice de René Valery-Radot et un portrait dessiné par Bramtot. Il n'a été tiré de cet ouvrage que 560 exemplaires sur papier de Hollande numérotés 16 à 550. . . . . 3 50

Et 15 exemplaires sur papier du Japon numérotés de 1 à 15.

HAREL (Paul). — **Gousses d'ail et Fleurs de serpolet.** 1 vol. in-18. 3 »

HERMANT (Abel). — **Les Mépris.** 1 vol. in-18. . . . . 3 »

NEBOUT (Pierre). — **Études et poèmes,** poésies. 1 vol. in-18 . . . 3 50

RAMEAU (Jean). — **La Chanson des étoiles,** poésies. 1 vol. in-18. . 3 50

ROLLOT (Hippolyte). **Les Chants de la vie,** poésies. 1 vol. in-18. 3 50

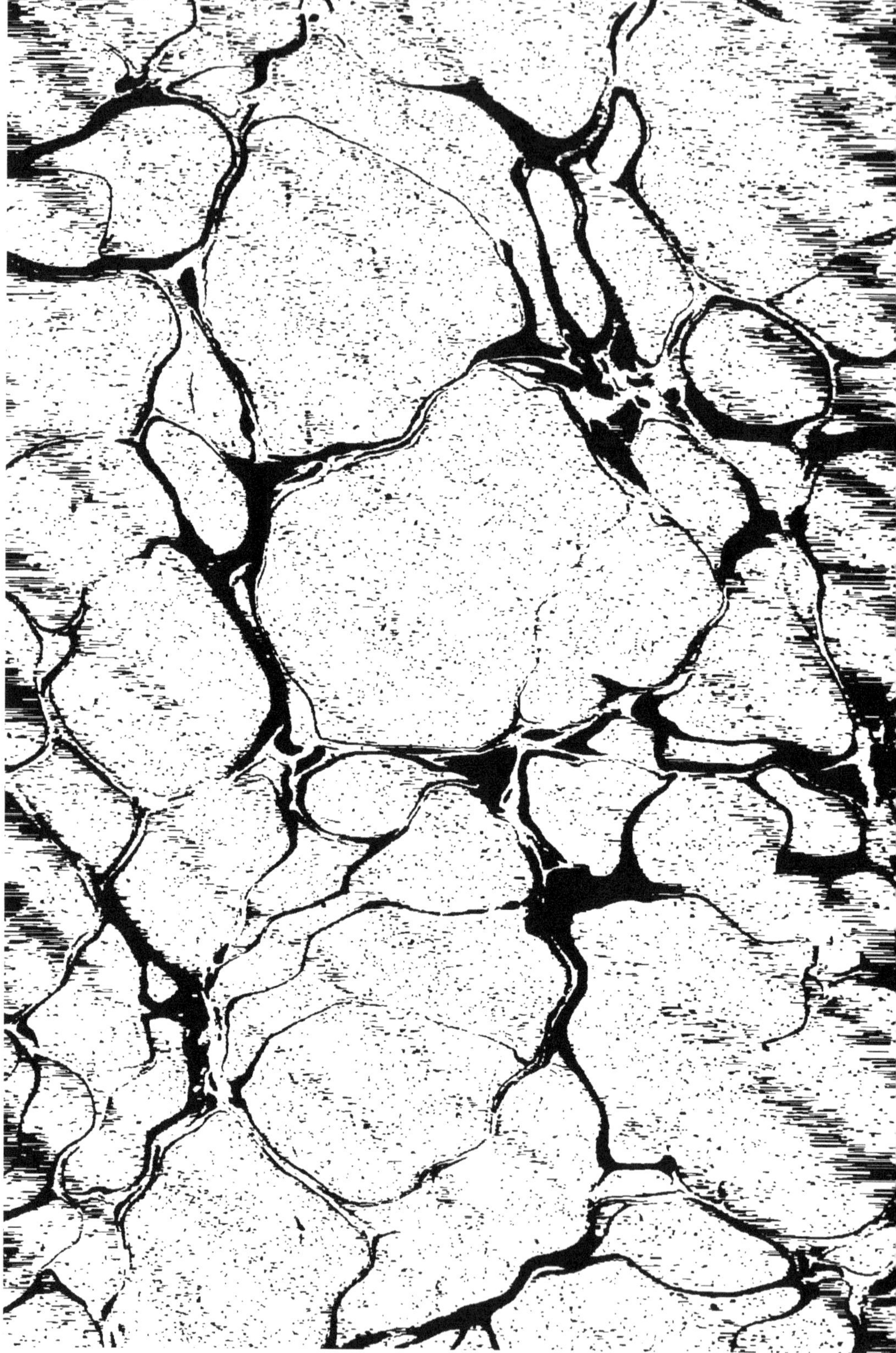

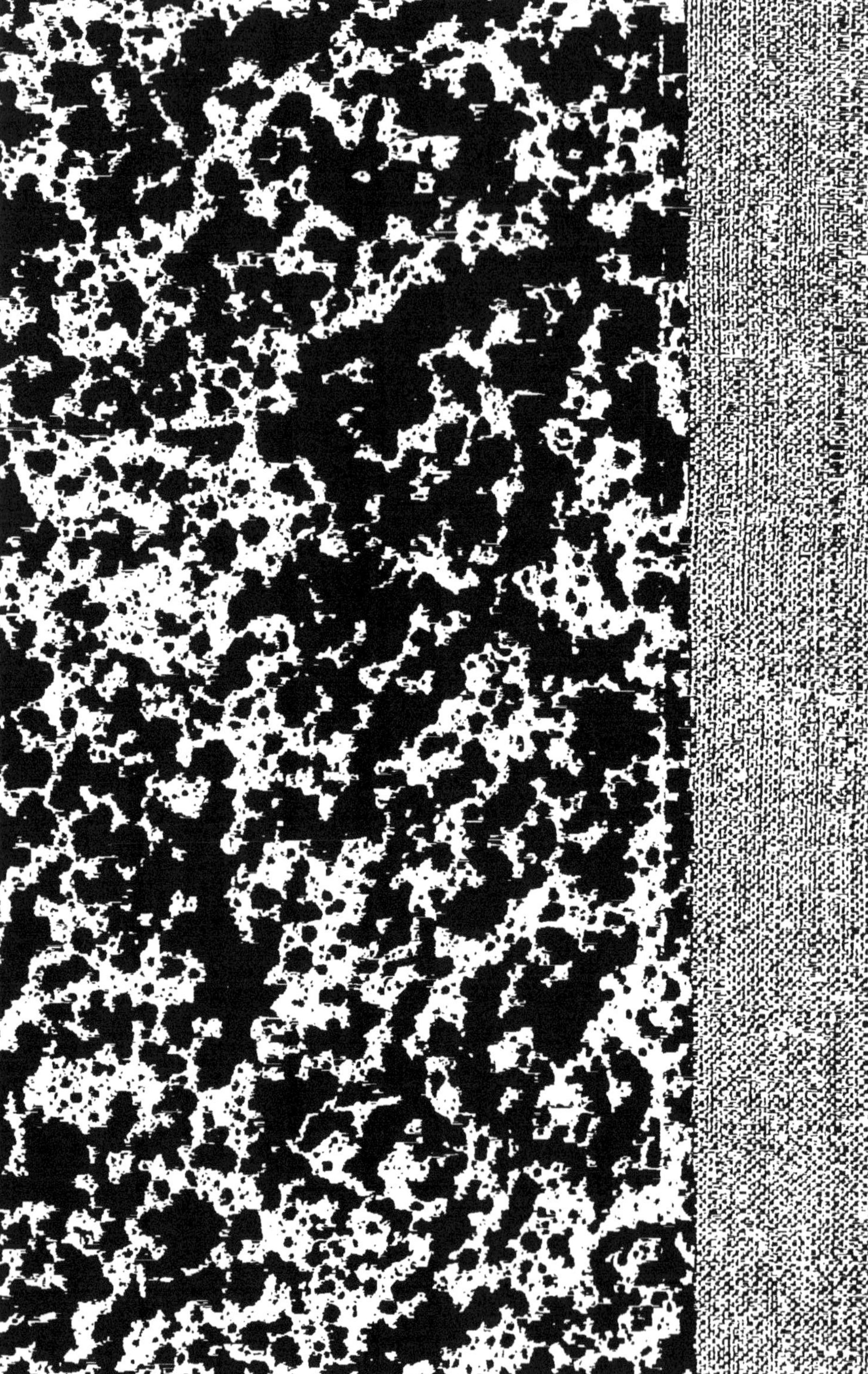

www.ingramcontent.com/pod-product-compliance
Ingram Content Group UK Ltd.
Pitfield, Milton Keynes, MK11 3LW, UK
UKHW012223240726
13966UKWH00003B/926

9 782011 774736